Vom gleichen Autor erschienen außerdem
als Heyne-Taschenbücher

Die Mordbeichte · Band 01/5469
Schlüssel zur Hölle · Band 01/5840
Mitternacht ist schon vorüber · Band 01/5903
Der eiserne Tiger · Band 01/6141

JACK HIGGINS

IM SCHATTEN DES VERRÄTERS

Roman

Deutsche Erstveröffentlichung

WILHELM HEYNE VERLAG
MÜNCHEN

HEYNE ALLGEMEINE REIHE
Nr. 01/6010

Titel der englischen Originalausgabe
THE DARK SIDE OF THE ISLAND
Deutsche Übersetzung von Rosmarie Kahn-Ackermann

4. Auflage

Printed in Germany 1986
Umschlagfoto: Gruner + Jahr, Hamburg
Umschlaggestaltung: Atelier Heinrichs & Schütz, München
Satz: IBV Lichtsatz KG, Berlin
Druck und Bindung: Ebner Ulm

ISBN 3-453-01446-4

1.

Nichts ändert sich auf Kyros

Lomax lag auf der schmalen Koje in der stickigen Kabine, nackt bis zur Taille, sein Körper war schweißgebadet. Er starrte zu der fleckigen Decke empor, von der die Farbe abblätterte.

Wenn man lange genug hinsah, wurde eine ziemlich genaue Karte der Ägäis daraus. Seine Blicke bahnten sich ihren Weg südwärts von Athen durch die Kykladen zu dem größeren Fleck, der Kreta darstellte, aber da, wo sich Kyros hätte befinden sollen, dehnte sich lediglich das Meer aus. Aus irgendeinem Grund verursachte ihm das Unbehagen, und er schwang die Beine auf den Boden.

Er stand auf, goß Wasser in das von Sprüngen durchzogene Waschbecken, das unterhalb des Spiegels neben der Koje stand, und wusch sich den Schweiß vom Körper. Seine Schultern waren muskulös, sein Körper bronzefarben und trainiert, und irgendwie wirkte die häßliche gerunzelte Narbe unter seiner linken Brust, die von einer Schußwunde stammte, unheimlich und fehl am Platz.

Während er sich abtrocknete, starrte ihn aus dem Spiegel ein Fremder an: Ein Mann, dessen Haut straff um die hervorspringenden Backenknochen anlag, darüber dunkle, düstere Augen, die die Welt mit seltsam distanziertem Ausdruck betrachteten – ein Ausdruck, den er nicht einmal vor sich selbst hätte analysieren können.

Als er eben nach seinem Hemd griff, öffnete sich die Kabinentür und der Steward blickte herein. »Kyros in einer halben Stunde, Mr. Lomax«, sagte er auf griechisch.

Die Tür schloß sich wieder hinter ihm, und zum erstenmal wurde sich Lomax einer leichten Erregung bewußt – ein kalter Finger schien ihn irgendwo in seinem Innern anzurühren. Er zog seine Leinenjacke an und ging hinaus aufs Deck.

Während er an der Reling stand und beobachtete, wie Kyros sich allmählich aus dem Meer erhob, tauchte Kapitän Papademos aus dem Deckshaus auf und blieb neben ihm stehen. Er war ein massiger Mann, von der Sonne nahezu schwarz gebrannt, das Gesicht von Runzeln durchzogen.

Er hielt ein Zündholz an seine Pfeife. »In diesem Hitzedunst ist es schwierig, aber wenn Sie scharf hinsehen, können Sie Kreta in der Ferne erkennen. Ganz hübsche Aussicht, wie?«

»Das ist eine erhebliche Untertreibung«, sagte Lomax.

»Ich bin schon überall gewesen, wo ein Seemann nur hinkommen kann«, fuhr Papademos fort. »Und am Ende habe ich immer herausgefunden, daß ich im Kreis gefahren bin.«

»Tun wir das nicht alle?« sagte Lomax.

Er nahm eine Zigarette heraus, und Papademos gab ihm Feuer. »Für einen Engländer sprechen Sie recht gut griechisch. Das beste, das ich je von einem Ausländer gehört habe. Waren Sie früher schon einmal hier?«

Lomax nickte. »Vor langer Zeit. Vor der Flut.«

Papademos sah einen Augenblick lang verdutzt drein, dann hellte sich sein Gesicht auf. »Ah, jetzt begreife ich. Sie waren während des Krieges auf den Inseln.«

»Ganz recht«, sagte Lomax. »Meistens habe ich beim E.O.K. auf Kreta gearbeitet.«

»Ja?« Papademos nickte, sein Gesicht wurde ernst. »Das waren harte Zeiten damals, für uns alle. Die Leute auf diesen Inseln haben nicht vergessen, wie sehr die Engländer ihnen geholfen haben. Sind Sie inzwischen wieder einmal hiergewesen?«

Lomax schüttelte den Kopf. »Mir war nie danach zumute. Jedenfalls schien ich immer etwas Wichtigeres zu tun zu haben. Sie wissen doch, wie das ist.«

»Das Leben, mein Freund, packt uns an der Kehle.« Papademos nickte betrübt. »Aber siebzehn Jahre sind eine lange Zeit. Der Mensch ändert sich.«

»Alles ändert sich«, sagte Lomax.

»Vielleicht haben Sie da recht. Aber warum Kyros? Ich könnte mir bessere Orte vorstellen.«

»Es gibt dort ein paar Leute, die ich aufsuchen möchte, falls es sie noch gibt«, sagte Lomax. »Ich möchte herausfinden, ob auch sie sich verändert haben. Hinterher fahre ich nach Kreta und Rhodos.«

»Auf Kyros ändert sich nichts.« Papademos spuckte ins Wasser. »Diese Route befahre ich nun seit zehn Jahren, und sie behandeln mich noch immer, als ob ich die Pest mitbrächte.«

Lomax zuckte die Schultern. »Vielleicht mögen sie Fremde einfach nicht.«

Papademos schüttelte den Kopf. »Sie mögen überhaupt niemand. Sind Sie ganz sicher, daß Sie dort Freunde haben?«

»Ich hoffe es jedenfalls.«

»Ich auch. Wenn nicht, kann es Ihnen ziemlich drekkig gehen – und Sie werden eine Woche lang dort ausharren müssen, bis ich wiederkomme.«

»Das Risiko muß ich auf mich nehmen.«

Papademos klopfte an der Reling die Asche aus seiner Pfeife. »Wir werden vier Stunden hier bleiben. Wollen Sie sich nicht einfach einmal um der alten Zeiten willen schnell umsehen und dann mit mir nach Kreta weiterfahren? In Heraklion werden Sie sich wohler fühlen als hier.«

Lomax schüttelte den Kopf. »Nächste Woche werde ich Ihr Angebot annehmen, aber nicht jetzt.«

»Wie Sie wollen.« Papademos zuckte die Schultern und kehrte ins Deckshaus zurück.

Sie waren jetzt nahe beim Ufer, die große Bergspitze inmitten der Insel ragte knapp tausend Meter hoch vor ihnen auf. Als der kleine Dampfer das geschwungene Vorgebirge mit seinen gedrängt stehenden weißen Häusern umrundete, fuhr ein Fischerboot mit einem Mast und geblähten Segeln auf die See hinaus. Es glitt so nahe an ihnen vorbei, daß Lomax die großen Augen sehen konnte, die an jeder Seite des Bugs aufgemalt waren.

Der Mann an der Ruderpinne winkte unbekümmert, und Lomax hob die Hand. Dann wurde das Rattern der Maschinen stockender, als das Schiff die Fahrt verlangsamte, um den Hafen anzusteuern.

Auf dem weißen Halbmond des Sandstrands lagen hell gestrichene Boote; Fischer saßen in kleinen Gruppen neben ihnen und flickten ihre Netze, während Kinder hintereinander her ins flache Wasser jagten. Ihre Stimmen klangen irgendwie gedämpft und weit entfernt.

Lomax kehrte in seine Kabine zurück und begann zu

packen. Es dauerte nicht lang. Als er fertig war, ließ er die Segeltuchtasche und die Reiseschreibmaschine auf der Koje zurück und ging wieder an Deck.

Das Schiff fuhr bereits am Pier entlang, und während Lomax noch hinüberblickte, wurden die Maschinen angehalten. Plötzlich schien es in der großen Hitze merkwürdig still zu sein.

Auf dem Pier dösten drei alte Männer in der Sonne; ein Junge saß mit einer Angel am Rand, ein kleiner schwarzer Hund lag zusammengerollt neben ihm.

Im Augenblick, als der Steward aus der Kabine auftauchte, Segeltuchtasche und Schreibmaschine in den Händen, kam auch Papademos aus dem Deckshaus. »Sie reisen mit wenig Gepäck.«

»Das ist die einzige Möglichkeit«, erwiderte Lomax. »Was geschieht nun? Kann ich einfach von Bord gehen? Will niemand meinen Ausweis sehen?«

Papademos zuckte die Schultern. »Es gibt da einen Polizeisergeant namens Kytros, der sich um all das kümmert. Er wird bald genug erfahren, daß Sie hier sind.«

Inzwischen hatten zwei Matrosen die Gangway in Position gebracht. Der Steward ging als erster an Land, Lomax setzte sich eine Sonnenbrille auf und folgte ihm.

Als er die Brieftasche herausnahm, um dem Mann ein Trinkgeld zu geben, merkte er, daß sich die drei alten Männer aufrecht hingesetzt hatten und ihn neugierig betrachteten.

Der Junge, der geangelt hatte, rollte seine Schnur auf und kam herbei, als der Steward wieder an Bord ging. Der Hund folgte ihm auf den Fersen.

Der Junge war vielleicht zwölf und hatte braune Augen in einem dünnen, intelligenten Gesicht. Seine

Strickjacke war zu groß für ihn und seine Hose mit Flicken übersät.

Er blickte ein paar Sekunden lang neugierig zu Lomax auf und sagte dann langsam auf englisch: »Sie wollen ein gutes Hotel, Mister? Dort ist es für amerikanische Touristen sehr hübsch.«

»Wie kommst du auf die Idee, ich sei Amerikaner?« fragte ihn Lomax auf griechisch.

»Die dunkle Brille. Alle Amerikaner tragen Sonnenbrillen.« Der Junge hatte ganz instinktiv in derselben Sprache geantwortet. Jetzt fuhr seine Hand erstaunt zum Mund. »Aber Mister, Sie sprechen ja griechisch ebenso gut wie ich. Wie kommt das?«

»Das spielt keine Rolle«, sagte Lomax. »Wie heißt du?«

»Yanni«, erwiderte der Junge. »Yanni Melos.«

Lomax nahm eine Banknote aus der Brieftasche und hielt sie hoch. »Also gut, Yanni Melos. Das hier ist für dich, wenn wir in dem Hotel angekommen sind, wo Amerikaner deiner Meinung nach so gut behandelt werden. Sieh zu, daß es auch das beste ist.«

Yannis Zähne blitzten in dem braunen Gesicht. »Mister, es ist das einzige in der Stadt.« Er griff nach der Segeltuchreisetasche und der Schreibmaschine und eilte davon, den Hund auf den Fersen. Lomax folgte ihm.

Nichts hatte sich verändert. Nicht die kleinste Kleinigkeit. Selbst der Bunker, den die Deutschen zur Bewachung des Piers gebaut hatten, stand noch da; der Beton krümelte an den Rändern ein bißchen ab. Alles was fehlte, waren die Landungsboote im Hafen und die Naziflagge über dem Rathaus.

Der Junge ging ihm voran zwischen großen, weißgekalkten Häusern hindurch, in entgegengesetzter Richtung des Hafens. Ein- oder zweimal kamen sie an jemand vorüber, der auf der Türschwelle hockte, aber im großen ganzen waren die Straßen verlassen.

Das Hotel nahm die eine Seite eines winzigen, kopfsteingepflasterten Platzes ein, die Kirche lag gegenüber. Draußen standen mehrere Holztische, aber nirgendwo waren Gäste zu sehen. Lomax nahm an, daß sich der Ort wohl erst am Abend beleben würde.

Er folgte dem Jungen in einen großen, mit Steinfliesen belegten Raum mit niedriger Decke. Dort standen weitere Tische und Stühle; in einer Ecke gab es eine Bar mit Marmorplatte, dahinter Reihen von Flaschen auf Holzregalen.

Yanni stellte die Segeltuchtasche und die Schreibmaschine ab und verschwand durch eine Tür im Hintergrund. Nach der Hitze draußen war es hier kühl und angenehm. Lomax lehnte sich gegen die Bar und wartete.

Er konnte Stimmengemurmel hören, und dann erhob sich die Stimme eines Mädchens, hoch und zornig. »Immer lügst du mich an!« Lomax hörte das Geräusch einer Ohrfeige; dann kam Yanni mit gesenktem Kopf herausgerannt, ein junges Mädchen in blauem Kleid und weißer Schürze verfolgte ihn.

Sie blieb abrupt stehen, als sie Lomax sah, und der Junge machte eine dramatische Geste. »Da – spreche ich vielleicht nicht die Wahrheit?«

Die Kleine mochte sechzehn oder siebzehn sein, sie hatte ein rundes, hübsches Gesicht und kam nun auf ihn zu, wobei sie sich an der Schürze Mehl von den Händen wischte.

Sie blieb vor ihm stehen und sah ihn hilflos an, ihr

Gesicht war kirschrot vor Verlegenheit. Lomax lächelte. »Schon gut. Ich spreche griechisch.«

Ihr Gesicht drückte sofort Erleichterung aus. »Sie müssen mich entschuldigen, aber Yanni ist ein solcher Lügner, und er ist bei mir hereingeplatzt, als ich mitten im Backen war. Was kann ich für Sie tun?«

»Ich hätte gern ein Zimmer«, antwortete er. »Yanni hat mir gesagt, dies sei das beste Hotel in der Stadt.«

Sie sah drein, als wüßte sie nicht, was sie sagen sollte, und so fügte er freundlich hinzu: »Sie haben doch sicher ein Zimmer zur Verfügung, nicht wahr?«

»O ja«, versicherte sie. »Ich bin nur überrascht, das ist alles. Auf Kyros haben wir selten Touristen. Ich muß frische Bettwäsche herausholen und die Matratze lüften.«

»Machen Sie sich keine Sorgen«, sagte er. »Es eilt nicht.«

Er nahm eine Banknote aus der Brieftasche und reichte sie Yanni. Der Junge prüfte sie eingehend, und seine Augen weiteten sich. Er warf einen sehnsüchtigen Blick auf die offene Tür, seufzte und streckte Lomax zögernd den Schein hin.

»Ich glaube, Sie haben sich geirrt, Mister. Es ist zuviel.«

Lomax schloß die Hand des Jungen über der Banknote. »Sagen wir, es ist eine Vorauszahlung für kommende Dienste. Möglicherweise brauche ich dich noch.«

Yannis Gesicht verzog sich zu entzücktem Grinsen. »Ah, Mister, ich mag Sie. Sie sind mein Freund. Hoffentlich bleiben Sie lange auf Kyros.«

Er pfiff dem Hund und rannte durch die Tür auf den Platz hinaus. Lomax nahm Reisetasche und Schreibmaschine in die Hände und wandte sich dem Mädchen zu.

»Er ist einfach unmöglich«, sagte sie, während sie ihm voran in einen weißgekalkten Korridor hinausging.

»Er scheint recht gut englisch zu sprechen.«

Sie nickte. »Nachdem seine Eltern ertrunken waren, wohnte er auf Rhodos bei der Familie seiner Mutter. Vermutlich hat er dort alles mögliche von den Touristen aufgeschnappt.«

»Wer kümmert sich jetzt um ihn?«

»Er wohnt bei seiner Großmutter in der Nähe des Hafens, aber sie kann nicht viel für ihn tun. Sie ist zu alt.«

Sie stiegen eine enge Holztreppe empor und bogen in einen Korridor ein, der offenbar die volle Länge des Gebäudes hatte. Am unteren Ende blieb das Mädchen vor einer Tür stehen. »Es ist ein sehr einfaches Zimmer. Das verstehen Sie hoffentlich?«

Er nickte. »Mehr will ich gar nicht.«

Sie öffnete die Tür und trat ein. Das Zimmer war einfach möbliert mit einem Messingbett, einem Waschtisch und einem alten Schrank. Wie auch sonst überall im Haus waren die Wände weißgekalkt und der Holzboden auf Hochglanz poliert.

Alles war makellos sauber. Lomax ging zum Fenster, öffnete es und blickte über die roten Ziegeldächer hinab zum Hafen. »Aber das ist doch herrlich.«

Als er sich umdrehte, sah er, daß sie erfreut lächelte. »Ich bin froh, daß es Ihnen gefällt. Wie lange werden Sie bleiben?«

Er zuckte die Schultern. »Zumindest bis das Schiff nächste Woche wiederkommt, vielleicht auch länger, ich bin nicht sicher. Wie nennt man Sie?«

Sie errötete. »Ich heiße Anna Papas. Möchten Sie etwas zu essen haben?«

Er schüttelte den Kopf. »Jetzt nicht, Anna. Später vielleicht.«

Sie lächelte verlegen und zog sich zur Tür zurück. »Dann werde ich Sie allein lassen. Wenn Sie etwas brauchen – irgend etwas, rufen Sie mich bitte. Ich bin in der Küche.«

Die Tür schloß sich hinter ihr. Er zündete sich eine Zigarette an und kehrte zum Fenster zurück.

Ein paar Fischerboote fuhren landeinwärts, und er konnte den rostigen kleinen Inseldampfer am Pier liegen sehen.

Eine Möwe kreischte, während sie über die Dächer schwebte, und ganz plötzlich war er glücklich, daß er zurückgekehrt war.

2.

Ein Mann namens Alexias

Er packte seine Reisetasche aus, wusch und rasierte sich und zog anschließend ein reines Hemd an. Er schlüpfte eben in seine Jacke, als an die Tür geklopft wurde und ein kleiner, kahlwerdender Mann eintrat.

Er trug ein großes Buch mit steifem Einband unter einem Arm und lächelte einschmeichelnd, wobei er schlechte Zähne entblößte.

»Entschuldigen Sie – ich störe hoffentlich nicht?«

Lomax mißfiel der Mann auf Anhieb, aber er brachte auch seinerseits ein Lächeln zustande. »Überhaupt nicht. Kommen Sie nur herein.«

»Ich bin der Besitzer, George Papas«, sagte der kleine Mann. »Es tut mir leid, daß ich nicht da war, als Sie kamen. Morgens arbeite ich immer in meinem Olivenhain.«

»Das macht nichts. Ihre Tochter hat ausgezeichnet für mich gesorgt.«

»Sie ist ein gutes Mädchen«, sagte Papas selbstzufrieden. Er legte das Buch auf den Tisch neben dem Fenster, öffnete es und zog einen Kugelschreiber aus der Innentasche seiner Jacke. »Würden Sie sich bitte ins Register eintragen? Das ist gesetzliche Vorschrift, wissen Sie. Der Polizeisergeant hier ist penibel, was solche Dinge betrifft.«

Lomax begutachtete das Buch interessiert. Die letzte Eintragung lag beinahe ein Jahr zurück. Er nahm den Kugelschreiber und trug Namen, Adresse und Nationalität in die entsprechenden Spalten ein.

»Sie scheinen hier nicht allzu viele Besucher zu haben.«

Papas zuckte die Schultern. »Kyros ist sehr ruhig, und es gibt nicht viel, was für die Touristen anziehend wäre – vor allem nicht für Amerikaner.«

»Zufällig bin ich Engländer«, sagte Lomax. »Vielleicht bin ich anspruchsloser.«

»Engländer!« Papas runzelte die Stirn. »Aber meine Tochter hat behauptet, Sie seien Amerikaner.«

»Das war ein Irrtum des Jungen, der mich vom Schiff hierhergebracht hat«, erklärte Lomax. »Ich lebe nur dort. Spielt das irgendeine Rolle?«

»Nein, natürlich nicht.« Papas sah deutlich unbehaglich drein, als er das Buch zu sich herdrehte, um die Eintragung zu lesen.

»Hugh Lomax – Kalifornien«, murmelte er. »Nationalität englisch.« Und dann wurde sein ganzer Körper plötzlich wie von einem Krampf geschüttelt.

Einen Moment glaubte Lomax, der Mann bekäme einen Anfall. Er griff nach seinem Arm, um ihn zu einem Stuhl zu führen, aber Papas riß sich von ihm los, als habe ihn etwas gestochen.

Sein Gesicht hatte eine kränkliche, gelbe Färbung angenommen, seine Augen waren starr, als er zur Tür zurückwich.

»Um Himmels willen, Mann, was ist los?« fragte Lomax.

Es gelang Papas, die Tür mit einer Hand zu öffnen, während er sich mit der anderen mechanisch bekreuzigte. »Heilige Mutter Gottes«, keuchte er und taumelte auf den Korridor hinaus.

Lomax blieb einen Augenblick lang mit gerunzelter Stirn stehen, dann griff er nach dem Eintragungsbuch und folgte ihm.

Als er in die Bar trat, polierte Anna dort Gläser. Sie blickte auf und lächelte. »Möchten Sie etwas?«

Er schüttelte den Kopf und legte das Eintragungsbuch auf die Theke. »Ihr Vater hat das hier aus Versehen in meinem Zimmer liegen lassen. Ich würde gern ein Wort mit ihm reden, wenn es möglich ist.«

»Leider ist er gerade weggegangen«, sagte sie. »Vor ein paar Sekunden habe ich ihn über den Platz gehen sehen.«

»Es hat Zeit bis später. Sagen Sie, gibt es noch immer eine Taverne am Hafen unten, die ›Kleines Schiff‹ heißt? Früher gehörte sie einem Mann namens Alexias Pavlo.«

»Es ist noch immer so. Jeder kennt Alexias. Dieses Jahr ist er Bürgermeister von Kyros.« Sie runzelte ver-

wirrt die Stirn. »Aber wie können Sie Alexias und das ›Kleine Schiff‹ kennen?«

»Erinnern Sie mich daran, daß ich es Ihnen gelegentlich erzähle«, sagte er und trat in den hellen Sonnenschein hinaus.

Als er den Platz in Richtung der Straße überquerte, die zum Hafen hinabführte, tauchte dort Yanni auf und rannte auf ihn zu, der Hund folgte ihm auf den Fersen. Der Junge trug jetzt ein scharlachrotes Hemd, Khakishorts und weiße Tennisschuhe. Ein paar Schritte weit von Lomax entfernt blieb er stehen, streckte die Arme aus und machte eine Pirouette.

»Sehe ich nicht schön aus?«

»Und was soll das?« fragte Lomax.

Yanni spreizte die Hände. »Wenn ich für einen so reichen und wichtigen Mann arbeite, muß ich anständig aussehen. Das hier sind meine besten Kleider.«

»Das leuchtet mir ein«, sagte Lomax. »Wo hast du sie gestohlen?«

»Ich habe sie nicht gestohlen!« rief Yanni entrüstet. »Sie sind ein Geschenk von einem sehr guten Freund – dem besten, den ich habe.«

»Na gut«, sagte Lomax. »Wie du meinst.«

Er wandte sich der kopfsteingepflasterten Straße zu, die zum Hafen führte. Yanni trottete neben ihm her. »Wohin wollen Sie zuerst gehen?«

»In ein Lokal namens ›Kleines Schiff‹.«

Die Augen des Jungen weiteten sich. »Aber da sollten Sie nicht hingehen. Das ist ein schlechter Ort. Nichts für Touristen. Nur für Fischer.«

»Was würdest du dann vorschlagen?« fragte Lomax.

»Es gibt eine ganze Menge anderer Sachen. Da ist ein römischer Tempel auf der anderen Seite der Insel, aber dazu muß man ein Boot mieten. Zum Gehen ist es zu weit.«

»Sonst noch was?«

»Na klar – das Grab des Achilles zum Beispiel.«

»Er ist hier begraben worden, nicht wahr?«

Yanni nickte. »Das weiß jeder.«

»Es muß ein langer Transport von Troja her gewesen sein.«

Der Junge ignotierte die Bemerkung. »Dann könnten wir immer noch das Kloster von St. Antonius besuchen oder das, was davon übrig ist. Während des Krieges ist es zerstört worden.«

»Das habe ich gehört«, sagte Lomax, und sein Gesicht verdüsterte sich.

»Es würde natürlich bedeuten, daß man auf den Berg klettern muß. Wahrscheinlich wäre es Ihnen zu heiß.«

»Das stimmt. Darum meine ich, daß wir einstweilen erst mal das ›Kleine Schiff‹ aufsuchen.«

»Wie Sie wollen.« Yanni zuckte verzagt die Schultern und ging ihm voran in Richtung des Hafens.

Das ›Kleine Schiff‹ lag an der Ecke einer schmalen Nebengasse, und als sie angekommen waren, blieb der Junge zögernd am Eingang stehen und drehte sich um. »Ich würde Sie lieber woanders hinbringen, Mister.« Seine Stimme klang flehend.

Lomax zauste mit einer Hand den Schopf des Kleinen. »Sieh nicht so bekümmert drein.« Er grinste. »Soll ich dir ein kleines Geheimnis anvertrauen? Ich war früher schon mal hier. Vor langer Zeit. Bevor deine Eltern an dich auch nur denken konnten.«

Er wandte sich vor dem erstaunten Blick des Jungen ab und stieg die Steinstufen hinunter in die kühle Dunkelheit des ›Kleinen Schiffs‹.

Gleich neben dem Eingang saß ein junger Mann mit ausgestreckten Beinen auf einem Stuhl und sang mit leiser Stimme vor sich hin, seine Finger strichen sachte über die Saiten einer Bouzouki.

Er trug ein rot und grün kariertes Hemd, dessen Ärmel sorgfältig aufgerollt waren, um seine gewölbten Bizeps vorteilhaft zur Geltung zu bringen. Sein Haar lockte sich kräftig über dem Kragen hinten.

Er traf keine Anstalten, Platz zu machen. Lomax starrte einen Augenblick lang durch seine dunkle Brille auf ihn hinab, dann trat er vorsichtig über die ausgestreckten Beine weg und ging weiter in den Raum hinein.

Der erste Gast, den er sah, war Kapitän Papademos, der allein in einer Ecke saß und Rotwein trank. Lomax hob grüßend die Hand, aber Papademos wandte absichtlich den Blick ab.

Danach wurde er sich einer merkwürdigen Tatsache bewußt.

Es saßen sechs Leute im Raum, einschließlich Papademos, vier von ihnen hockten beisammen, aber keiner sprach ein Wort.

Der Mann hinter der Bar war klein und drahtig, seine Haut hatte die Farbe spanischen Leders. Die rechte Seite seines Gesichts war durch eine häßliche Narbe verunstaltet, und das Auge war mit einem schwarzen Pflaster verdeckt.

Er beugte sich über die Bar, las in einer Zeitung und ignorierte Lomax völlig. Das Seltsame war nur, daß seine Hände leicht zitterten, so als stünde er unter einer schrecklichen inneren Anspannung.

Lomax nahm seine Sonnenbrille ab. »Ist Alexias Pavlo hier?«

»Wer möchte ihn sprechen?« fragte der Mann mit heiserer Stimme.

»Ein alter Freund«, erwiderte Lomax. »Jemand aus seiner Vergangenheit.«

Hinter ihm schlug der Bouzouki-Spieler einen letzten, dramatischen Akkord an. Lomax drehte sich langsam um und sah, daß jedermann ihn beobachtete, sogar Papademos. Yannis blasses, verängstigtes Gesicht spähte um den Türrahmen herum.

In der schweren Stille schien die ganze Welt den Atem anzuhalten. Dann trat ein Mann durch den Perlenvorhang, der die Tür neben der Bar verdeckte.

Zu seiner Zeit mußte er ein Riese gewesen sein, aber nun hing der weiße Anzug lose um seine knochige Gestalt. Deutlich hinkend trat er vor, wobei er sich schwer auf einen Stock stützte, der dichte Schnurrbart war eisgrau.

»Alexias«, sagte Lomax. »Alexias Pavlo.«

Pavlo schüttelte langsam den Kopf, so als könne er seinen eigenen Augen nicht trauen. »Sie sind es«, flüsterte er. »Nach all diesen Jahren sind Sie zurückgekommen. Als Papas mir das erzählte, glaubte ich, er sei verrückt. Die Deutschen behaupteten, Sie seien tot.«

Der Perlenvorhang teilte sich erneut und George Papas erschien. Sein Gesicht war schweißüberströmt, und er sah zu Tode verängstigt aus.

»Ich bin's, Alexias«, sagte Lomax und hielt ihm die Hand hin. »Hugh Lomax – erinnern Sie sich nicht?«

Pavlo übersah die ausgestreckte Hand. »Ich erinnere mich an Sie, Engländer.« Neben seinem Kinn zuckte ein kleiner Muskel. »Wie könnte ich Sie vergessen? Wie könnte irgend jemand auf dieser Insel Sie vergessen?«

Sein Gesicht war plötzlich überflutet von Leidenschaft. Sein Mund öffnete sich, als ob er noch etwas sagen wollte, aber die Worte weigerten sich zu kommen. Blindlings hob er den Stock.

Lomax gelang es, den Schlag abzuwehren, dann trat er nahe an den Mann heran und preßte seine Arme gegen die Seiten. Hinter ihm stürzte mit einem Krach ein Stuhl um, und Yanni stieß von der Tür her einen warnenden Schrei aus.

Als Lomax Pavlo losließ und sich umdrehen wollte, umschlang ein muskulöser Arm seinen Hals und erwürgte ihn halb. Er versuchte die Arme zu heben, aber sie wurden festgehalten, und man schleppte ihn nach hinten.

Die vier Männer, die beisammengesessen hatten, hielten ihn fest wie in einem Schraubstock, während sie ihn über ihren Tisch legten. Papademos stand auf und wollte zur Tür gehen, aber der Mann, der die Bouzouki gespielt hatte, schüttelte sachte den Kopf, und der Kapitän setzte sich wieder.

Der Bouzouki-Spieler lehnte sein Instrument sorgfältig an die Wand und kam nach vorne. Einen Augenblick lang sah er auf Lomax nieder, mit völlig gelassenem Ausdruck, dann schlug er ihm kräftig ins Gesicht.

Lomax wand sich, aber es nützte nichts, und Pavlo stieß den Bouzouki-Spieler weg. »Nein, Dimitri, er gehört mir. Heb seinen Kopf an, damit ich ihn richtig sehen kann.«

Dimitri packte Lomax am Haar und zerrte seinen Kopf nach oben. Pavlo blickte ihm ins Gesicht und nickte. »Die Jahre haben Sie freundlich behandelt, Captain Lomax. Sie sehen gut aus – sehr gut.«

Der kleine Mann mit dem vernarbten Gesicht und dem Augenpflaster war hinter der Theke hervorgekommen, blieb neben Pavlo stehen und starrte auf Lomax hinab. Ganz plötzlich beugte er sich vor und spuckte ihm ins Gesicht.

Lomax spürte den kalten Speichel, und Zorn wallte in ihm auf. »Um Himmels willen, Alexias – weshalb das alles?«

»Ganz einfach«, erwiderte Pavlo. »Es ist meines verkrüppelten Beines und Nikolis Gesicht hier wegen. Oder, wenn es Ihnen lieber ist, da sind immer noch Dimitris Vater und dreiundzwanzig andere Männer und Frauen, die im Konzentrationslager in Fonchi umgekommen sind.«

Nun schien alles einen seltsam verzerrten Sinn zu bekommen. »Ihr glaubt, dafür sei ich verantwortlich?« fragte Lomax ungläubig.

»Über Sie ist schon vor langem das Urteil gesprochen worden«, sagte Pavlo. »Nun bleibt nur noch übrig, daß es vollstreckt wird.« Er blickte zu dem Bouzouki-Spieler hinüber, sein Gesicht war wie aus Stein. »Gib mir dein Messer, Dimitri.«

Dimitri nahm ein großes Springmesser aus der Gesäßtasche und reichte es ihm hinüber. Pavlo drückte auf einen Knopf am einen Ende, und eine fünfzehn Zentimeter lange Klinge, scharf wie ein Rasiermesser, sprang heraus.

Lomax trat wild mit den Füßen um sich, Panik erfaßte ihn. Er unternahm eine letzte, verzweifelte Anstrengung, und es gelang ihm, einen Arm loszureißen. Er schlug die Faust in das Gesicht, das ihm am nächsten war, aber sofort wurde er wieder gegen die Tischplatte hinuntergepreßt.

Die Hand, die das Messer hielt, zitterte ein wenig, aber in Pavlos Augen lag ein Ausdruck kalter Entschlossenheit. Er trat einen Schritt vor und hob das Messer. Von der Tür her sagte eine Stimme: »Laß es fallen, Alexias!«

Alle drehten sich um, und Lomax spürte, wie der Druck auf seinen Armen nachließ. Auf der Türschwelle stand ein Polizeisergeant in einer schäbigen, von der Sonne ausgeblichenen Khakiuniform. Yanni spähte unter seinem Arm hindurch herüber.

»Bleib du da weg, Kytros«, sagte Pavlo.

»Ich habe dir gesagt, du sollst das Messer fallen lassen«, erwiderte Kytros ruhig. »Ich möchte dich nicht noch einmal darum bitten müssen.«

»Aber du verstehst nicht«, sagte Pavlo. »Das hier ist der Engländer, der während des Krieges hier war. Derjenige, der uns an die Deutschen verraten hat.«

»Und deshalb wollt ihr ihn jetzt kaltblütig ermorden?« fragte Kytros.

Der kleine Nikoli gestikulierte leidenschaftlich mit beiden Händen. »Das ist kein Mord – nur Gerechtigkeit.«

»Da sind wir offensichtlich verschiedener Ansicht.« Kytros blickte zu Lomax hinüber. »Mr. Lomax, bitte kommen Sie mit mir.«

Lomax trat einen Schritt vorwärts, und Dimitri packte ihn am Arm. »Nein, er bleibt hier«, sagte er barsch.

Kytros knöpfte die Deckklappe seines Holsters auf und nahm seinen Revolver heraus. Seine Stimme klang wie Stahl. »Mr. Lomax wird jetzt mit mir weggehen. Ich wäre dir sehr verpflichtet, Alexias, wenn du mir ersparen würdest, einen deiner Freunde niederzuschießen.«

Pavlos Gesicht war zornverzerrt. Er drehte sich halb

um und stieß mit einer einzigen heftigen Bewegung das Messer in die Tischplatte.

»Nun gut, Kytros. Mach, was du willst, aber sorge dafür, daß er um vier Uhr auf dem Schiff ist, wenn es abfährt. Sonst kann ich nicht dafür garantieren, was passieren wird.«

Lomax taumelte an dem Sergeant vorbei und stieg die Stufen hinauf ins helle Sonnenlicht. Er keuchte und schnappte nach Luft.

Kytros legte ihm eine Hand auf die Schulter. »Geht es? Haben sie Ihnen etwas angetan?«

Lomax schüttelte den Kopf. »Ich werde nur allmählich ein bißchen zu alt für solche Spiele, das ist alles.«

»Werden wir das nicht alle, Mr. Lomax?« sagte Kytros. »Mein Büro ist gleich um die Ecke. Ich wäre Ihnen sehr verbunden, wenn Sie mich dorthin begleiten würden.«

Während sie gingen, zupfte Yanni besorgt an Lomax' Hand. »Ich habe den Sergeant zu Ihnen geholt, Mr. Lomax. War das richtig?«

Lomax lächelte. »Du hast mir das Leben gerettet, mein Sohn. Das ist alles.«

Yanni runzelte die Stirn. »Die behaupten, Sie seien ein böser Mann, Mr. Lomax.«

»Und was glaubst du?« fragte Lomax.

Der Junge lächelte plötzlich. »Sie sehen eigentlich nicht wie ein böser Mann aus.«

»Dann sind wir also noch Freunde?«

»Na klar.«

Sie blieben kurz vor der Polizeistation stehen, und Lomax tätschelte ihm den Kopf. »Ich werde für eine Weile beschäftigt sein, Yanni. Geh ins Hotel zurück und warte dort auf mich.«

Yanni wandte sich zögernd ab, und Lomax fügte hinzu: »Es ist schon gut. Sergeant Kytros wird mich nicht ins Gefängnis stecken.«

Der Junge pfiff seinem Hund und rannte den Kai entlang. Lomax folgte Kytros die Steinstufen hinauf. Der Sergeant ging voran in ein Büro, in dem ein Schreibtisch, mehrere Stühle und ein verblüffend grüner neuer Karteischrank stand.

»Der Junge scheint direkt einen Narren an Ihnen gefressen zu haben.« Kytros nahm seine Mütze ab und ließ sich hinter dem Schreibtisch nieder. »Ein Jammer, daß Sie nicht länger hierbleiben. Er könnte einen wohltuenden Einfluß vertragen.«

Lomax zog einen Stuhl heran und setzte sich. »Ich fahre also endgültig weg, ja?«

Kytros spreizte die Hände. »Mr. Lomax, seien Sie vernünftig. Die Sache im ›Kleinen Schiff‹ drüben hätte übel ausgehen können, und ich kann nicht dafür garantieren, daß dergleichen nicht wieder geschieht. Alexias Pavlo ist ein wichtiger Mann auf Kyros.«

»Wird er dadurch zum lieben Gott?«

Kytros schüttelte den Kopf. »Er braucht nicht Gott zu sein, um dafür zu sorgen, daß Ihnen jemand in einer dunklen Nacht ein Messer zwischen die Rippen jagt.«

»Der Alexias Pavlo, den ich vor siebzehn Jahren gekannt habe, hat das Töten selbst besorgt«, sagte Lomax.

Kytros ignorierte die Bemerkung. »Könnte ich Ihre Papiere sehen?«

Lomax zog sie aus der Innentasche, und der Sergeant prüfte sie schnell. »Was für einen Grund haben Sie für Ihren Besuch auf der Insel?«

Lomax zuckte die Schultern. »Ich war hier während

des Krieges. Ich wollte einfach gern alles wiedersehen.«

»Aber warum gerade Kyros, Mr. Lomax? Im Krieg müssen Sie doch an vielen Orten gewesen sein.«

»Zufällig war das hier der erste Anlaufhafen für mich von Athen aus«, sagte Lomax. »So einfach ist es. Ich hatte auch die Absicht, alte Freunde auf Kreta und Rhodos aufzusuchen. Sofern ich dort noch welche habe, heißt das. Nach dem Empfang hier beginne ich mich das zu fragen.«

»Aha.« Kytros gab ihm die Papiere zurück. »Das scheint alles völlig in Ordnung zu sein.«

»Was geschieht jetzt?« fragte Lomax.

»Ich dächte, das ist klar. Sie müssen mit dem Schiff um sechzehn Uhr abfahren.«

»Ist das ein Befehl?«

Kytros seufzte. »Mr. Lomax, ich habe bemerkt, daß Ihr Visum vom Minister selbst bestätigt worden ist. Das bedeutet, daß Sie in Athen prominente Freunde haben müssen.«

»Darauf können Sie sich verlassen«, erklärte Lomax grimmig.

»Sie bringen mich in eine unmögliche Situation«, sagte Kytros. »Wenn ich Sie zwinge, von hier zu verschwinden, bekomme ich Scherereien mit Athen. Andererseits, wenn Sie bleiben, wird höchstwahrscheinlich jemand versuchen, Sie umzubringen, und wieder werde ich dafür verantwortlich sein.«

»Aber ich muß dieser Sache auf den Grund gehen«, sagte Lomax. »Das verstehen Sie doch wohl? Als erstes könnten Sie mir einmal erzählen, weshalb diese Leute glauben, ich hätte sie an die Deutschen verraten.«

»Alles, was ich weiß, stammt vom Hörensagen«, erklärte Kytros. »Ich selbst komme vom Festland. Ich bin erst seit zwei Jahren hier.«

»Was schlagen Sie also vor?«

Kytros sah auf seine Armbanduhr. »Sie haben genau ein und eine Viertelstunde Zeit, bis das Schiff abfährt. Ich würde Ihnen vorschlagen, zur Kirche von St. Katharina zu gehen und mit Vater John zu sprechen. Er war zur fraglichen Zeit hier.«

Lomax sah ihn verblüfft an. »Meinen Sie Vater John Mikali? Den habe ich kennengelernt, als ich während des Kriegs hier war. Er muß aber damals schon wenigstens siebzig gewesen sein.«

»Ein wundervoller alter Mann.«

Lomax stand auf und ging zur Tür. »Vielen Dank für den Ratschlag. Wir sehen uns später noch.«

»Um vier Uhr auf dem Pier«, sagte Kytros. »Und vergessen Sie nicht, Mr. Lomax – die Zeit ist Ihr Feind.«

Er zog einen Stoß Papiere zu sich heran und griff nach einem Kugelschreiber. Lomax ging hinaus und kehrte allein zum Hafen zurück.

3.

Zwei Kerzen für St. Katharina

Die Lichter in der kleinen Kirche waren trübe. Unten neben dem Altar flackerten Kerzen, und St. Katharina schien, in weiches, weißes Licht gebadet, aus der Dunkelheit hervorzuschweben.

Der Geruch nach Weihrauch war überwältigend, und einen Moment empfand Lomax leichtes Schwindelgefühl. Es war lange her, seit er zuletzt in einer Kirche gewesen war. Er streckte eine Hand aus und berührte die kalte Rauheit einer Säule im Dunkeln, um sich selbst in die Wirklichkeit zurückzuversetzen. Dann schritt er den Gang entlang.

Vater John Mikali kniete betend vor dem Altar. Sein reines, fast kindliches Gesicht war nach oben gerichtet, und im Kerzenlicht schimmerte sein Bart wie Silber über der schwarzen Robe.

Lomax ließ sich auf einer der Holzbänke nieder und wartete. Nach einer Weile bekreuzigte sich der alte Priester und stand auf. Als er sich umdrehte und Lomax erblickte, war seinem Gesicht keine Bewegung anzumerken.

Lomax erhob sich langsam. »Es ist lange her, Vater.«

»Man hat mir erzählt, daß Sie hier sind«, sagte Vater John.

Lomax zuckte die Schultern. »In einer kleinen Stadt verbreiten Neuigkeiten sich schnell.«

Der alte Priester nickte. »Vor allem schlechte.«

»Sie auch?« sagte Lomax bitter. »Nun weiß ich, daß ich wirklich in Schwierigkeiten stecke.«

»Es steht mir nicht zu, Sie zu verurteilen«, sagte Vater John. »Aber es war dumm von Ihnen, zurückzukehren. Wenn einmal Gras über Gräber gewachsen ist, soll man es dabei belassen.«

»Ich möchte lediglich Antworten auf ein paar Fragen haben«, sagte Lomax. »Wenn ausgerechnet Sie mir nicht helfen wollen, wer dann?«

Vater John ließ sich auf einer der Holzbänke nieder. »Zuerst möchte ich Ihnen eine Frage stellen. Warum sind Sie nach all der Zeit nach Kyros zurückgekehrt?«

Lomax zuckte die Schultern. »Aus einem Impuls heraus vermutlich.«

Aber es steckte mehr dahinter – weit mehr. Er preßte die Hände zusammen und runzelte die Stirn, bemüht, in sich selbst Klarheit zu schaffen.

Nach einer Weile fügte er langsam hinzu: »Ich glaube, ich bin hierhergekommen, um etwas zu suchen.«

»Es würde mich interessieren zu erfahren, was«, sagte der alte Mann.

Lomax zuckte erneut die Schultern. »Das weiß ich selbst nicht so genau. Mich selbst vielleicht. Den Mann, den ich vor so vielen Jahren verloren habe.«

»Und Sie glaubten, ihn hier auf Kyros zu finden?«

»Hier hat er noch existiert, Vater. Begreifen Sie das nicht? Während der letzten zwei, drei Jahre sind seltsame Dinge mit mir passiert. Die Ereignisse, in die dieser Mann hier auf den Inseln vor so vielen Jahren verstrickt war, scheinen mir heute mehr Wirklichkeit zu sein als alles, was seither geschehen ist. Wichtiger – in jeder Hinsicht. Ergibt das irgendeinen Sinn?«

Der alte Priester seufzte. »Captain Lomax, für die Leute hier ist dieser Mann seit siebzehn Jahren tot. Es wäre besser gewesen, Sie hätten ihn nicht wieder zum Leben erweckt.«

»Nun gut, Vater«, sagte Lomax. »Kommen wir zu den harten Tatsachen. Als ich das letztemal Kyros sah, geschah es vom Deck eines Landeboots aus, das mich nach Kreta brachte, nachdem mich die Deutschen erwischt hatten. Was geschah danach?«

»Jeder, der Ihnen geholfen hat, wurde festgenommen«, sagte Vater John. »Einschließlich ihrer nächsten Verwandten. Einige wurden auf dem Hauptplatz erschossen, weil ein Exempel statuiert werden sollte; der Rest kam in ein Konzentrationslager in Griechenland. Einige haben die Folterungen überstanden.«

»Und die Leute glauben, dafür sei ich verantwortlich? Ich hätte sie verraten?«

»Sie waren der Nächstliegende, und die Tatsache, daß die Deutschen Sie nicht hinrichteten, schien das zu beweisen. Schließlich pflegten sie jeden britischen Offizier zu erschießen, den sie erwischten, wenn er mit den Widerstandsgruppen in den Bergen zusammenarbeitete.«

»Aber das ist einfach lächerlich«, sagte Lomax.

»Sie waren schwer verwundet, vielleicht sogar im Delirium. Wie können Sie da so sicher sein? In einer solchen Verfassung tut ein Mann seltsame Dinge.«

»Unmöglich«, sagte Lomax eigensinnig. »Ich habe nicht geredet, Vater. Glauben Sie mir.«

Der alte Mann seufzte wieder. »Es ist schmerzlich, Ihnen das sagen zu müssen, aber ich sehe ein, daß es notwendig ist. Oberst Steiner machte keinen Hehl aus der Tatsache, daß er Sie überredet habe, ihm die Informationen zu geben, die er brauchte – im Austausch für Ihr Leben.«

Lomax hatte das Gefühl, ein kalter Windzug sei ihm übers Gesicht gestrichen. »Aber das ist nicht wahr«, sagte er. »Es ist unmöglich. Ich habe Steiner kein Wort verraten, verdammt.«

»Wer war es dann, Captain Lomax? Es war sonst keiner da. Die Deutschen waren sehr gründlich, wissen Sie. Sogar ich wurde mit einbezogen.«

Lomax sah ihn ungläubig an. »Man hat Sie festgenommen?«

Vater John lächelte freundlich. »O ja. Auch ich habe

die Annehmlichkeiten ihres Konzentrationslagers in Fonchi genossen.«

Lomax vergrub das Gesicht in den Händen. »Diese Sache beginnt sich zu einem Alptraum zu entwickeln. Wissen Sie, daß Alexias Pavlo tatsächlich versucht hat, mich umzubringen?«

Ein Ausdruck von Schmerz zuckte über das Gesicht des alten Mannes. »Dann hat es also bereits angefangen? Und Gewalt schafft neue Gewalt. Davor habe ich mich gefürchtet.«

Lomax stand auf und schritt nervös über den Gang hinüber. Dort blieb er kurz stehen und starrte ins Leere. Er runzelte leicht die Stirn und drehte sich dann schnell um.

»Wenn ich wirklich an dieser entsetzlichen Sache schuld wäre – glauben Sie dann, daß ich gewagt hätte, mich hier wieder blicken zu lassen, selbst nach siebzehn Jahren? Ich kenne diese Inseln hier und ihre Menschen. Vier Jahre habe ich mit ihnen zusammen in den Bergen gelebt. Sie glauben an das Gesetz ›Auge um Auge und Zahn um Zahn‹, und sie haben das beste Gedächtnis der Welt.«

»Ein gutes Argument«, sagte Vater John. »Aber man könnte dagegen einwenden, daß die Situation hier Sie selbst überrascht hat. Daß Ihnen nicht klar war, was sich als Konsequenz Ihres Verhaltens hier abgespielt hat.«

Lomax stand da, blickte ihn an und fühlte sich merkwürdig hilflos. Erschöpfung überkam ihn wie eine Woge.

Er sank auf eine der Bänke, seine Schultern sackten nach vorne. »Um Himmels willen, was soll das alles?«

Der alte Priester stand auf. »Glauben Sie mir, mein

Sohn, ich hege keinen Zorn gegen Sie. Aber ich fürchte das Böse, das Ihre Anwesenheit hier schaffen wird. Ich glaube, es wäre besser für uns alle, wenn Sie mit dem Dampfer wieder abführen, der Sie hierhergebracht hat. Noch haben Sie Zeit.«

Lomax nickte. »Vielleicht haben Sie recht.«

Vater John murmelte einen Segen. »Ich muß jetzt gehen. Meine Anwesenheit auf der Straße kann vielleicht dazu beitragen, jeden Ausbruch von Gewalt zu verhindern, wenn Sie wegfahren.«

Er entfernte sich durch den Gang, und Lomax blieb auf der Bank sitzen, den Kopf zwischen den Händen. Er war jetzt jenseits aller Furcht, sein Geist war benommen, er fühlte sich im Zugriff einer Gewalt, gegen die er machtlos war. Alle Kräfte hatten ihn verlassen. Er beugte sich noch weiter vor und lehnte den Kopf gegen eine der Säulen.

Jemand kam durch den Eingang in die Kirche geeilt, blieb stehen, dann hallten die Schritte auf dem Mittelgang wider.

Es war das Parfum, dessen er zuerst gewahr wurde, seltsam und irgendwie fremd in dieser Umgebung – wie Fliederduft nach Regen. Er hob mit einem Ruck den Kopf.

Ein junges Mädchen stand da im Halbdunkel, ein Tuch bedeckte auf Bäuerinnenart ihren Kopf. Sie atmete schwer, als sei sie eine lange Strecke gerannt, und starrte auf ihn hinab. Kein Wort wurde gesprochen.

Sein Mund wurde trocken, und etwas wie Furcht regte sich in ihm – denn das hier war nicht möglich.

»Katina«, sagte er heiser. »Die kleine Katina Pavlo!«

Sie trat näher. Eine Hand streckte sich aus, um seine Wange zu berühren – und ihr Gesicht wurde zu dem einer schönen, reifen Frau von Mitte dreißig. Im Kerzenlicht schien es zu glühen, überaus lebendig zu werden.

»Die Deutschen erzählten uns, Sie seien tot«, sagte sie. »Das Boot, mit dem sie Sie nach Kreta schicken wollten, sei versenkt worden.«

Er nickte. »Das stimmt. Aber ich wurde herausgeholt.«

Sie setzte sich neben ihn, so nahe, daß er die Wärme ihres Schenkels durch das Leinenkleid hindurch spüren konnte. »Ich war in einem der Läden beim Einkaufen, als ich hörte, daß Sie mit dem Dampfer aus Athen angekommen seien. Ich konnte es nicht glauben. Ich bin die ganze Strecke gerannt.«

Ihre Stirn war feucht von Schweiß, und er nahm sein Taschentuch heraus, um sie abzuwischen. »Es ist nicht gut, wenn man in dieser heißen Sonne rennt.«

Sie lächelte schwach. »Siebzehn Jahre – und Sie behandeln mich noch immer wie ein Kind.«

»Gerade eben dachte ich tatsächlich, du seist eines. Es hat mich ins Herz getroffen – aber es war nur eine optische Täuschung im Kerzenlicht.«

»Ich habe mich also ein bißchen verändert?«

»Du bist nur herangewachsen und schön geworden.«

Ihre Nasenflügel bewegten sich, und etwas glühte in den dunklen Augen auf. »Ich glaube, Sie sind der galanteste Mann, den ich je kennengelernt habe.«

Für einen flüchtigen Augenblick schien die Zeit bedeutungslos zu sein, Gegenwart und Vergangenheit verschmolzen ineinander. Auf seltsame Weise war es so, als hätten sie schon früher hier beisammen im Kerzenlicht in der kleinen Kirche gesessen, als wäre alles, was geschah, ein sich ewig drehender Kreis.

Er nahm sanft ihre Hand. »Woher wußtest du, daß ich hier bin?«

»Sergeant Kytros hat es mir gesagt.« Sie zögerte. »Ich hörte, was im ›Kleinen Schiff‹ vorgefallen ist. Sie müssen meinem Onkel verzeihen. Manchmal habe ich das Gefühl, er ist nicht mehr ganz richtig im Kopf. Seit vielen Jahren leidet er unter großen Schmerzen.«

»Und das schiebt er allein mir in die Schuhe?«

Sie nickte ernst. »Leider ja.«

»Genau wie alle anderen hier, einschließlich Vater John. Warum sollte es bei dir anders sein?«

»Weil ich weiß, daß Sie sich für diese Leute aufgeopfert haben«, erwiderte sie ruhig.

Er lachte. Es war ein harscher und häßlicher Laut. »Versuche einmal, das Alexias und seinen Freunden zu erzählen, und schau zu, was dabei herausspringt.«

»Ich habe es versucht«, sagte sie. »Schon vor langer Zeit, aber nur einer wollte mir glauben.«

Er runzelte die Stirn. »Wer denn?«

»Oliver Van Horn.«

»Man hat mir in Athen erzählt, daß er nach dem Krieg hiergeblieben ist. Ich hatte gehofft, ihn besuchen zu können. Wohnt er noch immer in der Villa draußen auf der Landspitze?«

»Ich bin seine Haushälterin.«

Seine Brauen hoben sich erstaunt. »Du hast nicht geheiratet?«

Sie schüttelte den Kopf. »Nie.«

»Er muß jetzt in den Sechzigern sein«, sagte Lomax bedächtig.

Ihr rechter Mundwinkel zuckte leicht, ihre Augen blickten belustigt. »Wir haben kein ›Arrangement‹, wenn Sie das beunruhigt.«

»Es geht mich gar nichts an«, sagte er, lächelte jedoch zum erstenmal, und sie lächelte zurück. »Und wie behandeln die Einheimischen ihn heute? Schließlich ist er wirklich ein Engländer.«

»Für die Inselbewohner nicht. Er hat ebenso viel gelitten wie die anderen. Er wurde mit dem Rest von uns festgenommen.«

Lomax runzelte die Stirn, ganz plötzlich kam ihm ein Gedanke. »Und du, Katina? Was wurde aus dir?«

Sie zuckte die Schultern. »Sie nahmen mich zusammen mit den anderen mit.«

»Ins Konzentrationslager nach Fonchi?«

Sie schüttelte den Kopf. »Nein, in ein anderes, aber es war überall das gleiche.« Sie beugte sich vor und berührte sein Gesicht. »Sie sehen älter aus. Zu alt. Ich glaube, Sie sind sehr unglücklich gewesen.«

Er zuckte die Schultern. »Siebzehn Jahre sind eine lange Zeit.«

»Sind Sie verheiratet?«

Er zögerte kurz und kam dann mit allem heraus – es war überraschend, wie leicht es ihm nun fiel, fast so, als redete er über entfernte Verwandte oder beiläufige Bekannte, die nicht sonderlich wichtig waren.

»Ich hatte eine Frau und ein kleines Mädchen. Sie kamen vor fünf Jahren bei einem Autounfall in Pasadena um.«

Ihr Seufzer verhallte im Dunkel des Raums. »Ich wußte doch, daß da etwas ist, aber ich war mir nicht sicher. Man sieht es Ihren Augen an.« Sie nahm seine Hände und hielt sie fest. »Erzählen Sie jetzt – warum sind Sie hierher zurückgekommen?«

»Als Vater John mich danach fragte, sagte ich ihm, ich suche nach meinem verlorengegangenen Ich«, erwiderte er. »Nach dem Mann, der vor vielen Jahren hier auf diesen Inseln existiert hat. Aber nun bin ich mir nicht mehr so sicher.«

»Es gibt noch einen tieferen Grund«, sagte sie. »Habe ich nicht recht?«

»Wer weiß?« Er machte eine Handbewegung. »Van Horn sagte einmal zu mir, das Leben bestehe aus Handeln und Leidenschaft. Wenn das wahr ist, dann hat es seit langer Zeit sehr wenig davon in meinem Dasein gegeben. Vielleicht dachte ich, ich könnte etwas davon wiedererlangen.«

»Und was wollen Sie jetzt tun? Mit dem Schiff wegfahren?«

»Das scheint zu sein, was alle wollen. Alexias hat Kytros gesagt, er könne für seine Handlungen nicht einstehen, wenn ich bliebe.«

Sie warf einen Blick auf ihre Uhr. »Sie haben nur noch zwanzig Minuten, um zu einem Entschluß zu kommen.«

»Was sollte ich deiner Ansicht nach tun?«

Sie zuckte die Schultern. »Es ist nicht meine Entscheidung. Die können nur Sie für sich fällen.«

Sie traf Anstalten aufzustehen; er hielt ihre Hand fest und runzelte die Stirn, denn aus irgendeinem merkwürdigen Grund wußte er, daß er an einem Wendepunkt angekommen war.

»Willst du, daß ich bleibe?«

»Das bräuchte Courage«, sagte sie. »Sehr viel Courage.«

Er lächelte plötzlich. »Aber ich habe dir meine Courage gegeben – vor sehr langer Zeit, erinnerst du dich?«

Sie nickte, ihr Gesicht war ernst. »Ich erinnere mich.«

Eine kleine Weile saßen sie da und starrten einander an. Dann löste sie sachte ihre Hand aus der seinen und stand auf. »Einen Augenblick.«

Er sah ihr nach, als sie zum Altar ging, sich dort auf ein Knie senkte, wieder aufstand, zwei Kerzen aussuchte und sie unter die Statue der heiligen Katharina stellte. Erst als sie sie mit einer anderen dünnen Wachskerze entzündete, wurde ihm bewußt, für wen sie waren. Ein Kloß saß ihm in der Kehle und drohte ihn zu ersticken.

Er stand auf und ging blindlings durch das Halbdunkel zur Tür.

4.

Der Bronze-Achilles

Draußen auf dem Platz war es sehr heiß. Er blieb im Schatten des Portiko stehen und rauchte eine Zigarette, während er auf sie wartete.

Einmal tauchte Anna in der Tür des Hotels mit Eimer und Wischtuch auf, so als hätte sie vor, die Tische draußen zu reinigen, aber als sie ihn sah, zog sie sich eilig zurück.

Der Platz lag still und verlassen da, die Schatten wurden mit dem vorrückenden Nachmittag länger. Nichts rührte sich. Er stand da, die Zigarette brannte zwischen seinen Fingern, und starrte düster vor sich hin. Es war, als ob er darauf wartete, daß etwas geschehen würde.

Hinter ihm war ein leises Geräusch zu hören, und er drehte sich um. Katina blickte ernsthaft zu ihm auf.

Er lächelte sanft. »Ist das lange her!«

Plötzlich waren Tränen in ihren Augen, und er legte einen Arm um ihre Schultern und drückte sie an sich. Sie standen da eine kleine Weile im kühlen Schatten des Portiko, dann seufzte sie und löste sich von ihm.

»Wir müssen gehen. Wenn Sie vorhaben, das Schiff noch zu erreichen, haben Sie keine Zeit mehr.«

Er folgte ihr bis zu den Stufen, innerlich aufgewühlt. In diesem Augenblick kam Yanni aus der Straße heraus, die vom Hafen her zur Stadt führte. Seine Kleidung war zerrissen und staubbedeckt, sein Gesicht von Tränen verschmiert, und er schluchzte hemmungslos. In seinen Armen hielt er den kleinen schwarzen Hund.

Katina rannte bereits auf ihn zu, und als Lomax sie eingeholt hatte, kniete sie vor dem Jungen. »Was ist, Yanni? Was ist passiert?«

Er streckte die Arme mit dem Hund aus, dessen Kopf seitlich herabbaumelte; sein Genick war offensichtlich gebrochen, an seinem Maul klebte Schaum.

»Es war Dimitri«, sagte Yanni. »Dimitri hat ihn getötet.«

»Aber warum?« fragte Katina.

»Weil ich Mr. Lomax geholfen habe«, schluchzte Yanni. »Weil ich Mr. Lomax geholfen habe.«

Die Wut, die in Lomax förmlich explodierte, war wie eine auflodernde Flamme, die ihn völlig einzuhüllen schien. Er wollte davonstürmen, und Katina sagte: »Hugh!«

Als er sich umdrehte, war ihr Gesicht sehr bleich, die Augen so dunkel, daß sie unergründlich wirkten.

»Seien Sie vorsichtig«, sagte sie. »Er hat wegen Totschlags bereits zwei Jahre lang im Gefängnis gesessen.

Wenn er Haschisch geraucht hat, weiß er nicht, was er tut.«

Er drehte sich wieder um und überquerte schnell den Platz. Als er die Straße erreicht hatte, begann er zu rennen. Am Hafen unten war er bereits von Schweiß durchnäßt, und die Leute starrten ihn neugierig an.

Diesmal konnte er keine Musik hören, als er ohne innezuhalten die Stufen zum ›Kleinen Schiff‹ hinabeilte. Unmittelbar hinter der Tür blieb er stehen.

Es saßen ungefähr ein Dutzend Leute da und tranken; keiner der Männer war bei seinem vorherigen Besuch dagewesen. Der Mann hinter der Bar gehörte zu denen, die ihn für Alexias auf dem Tisch festgehalten hatten. Er war eben im Begriff, Wein einzuschenken, und sein Unterkiefer sank vor Erstaunen schlaff herab.

Alle Gesichter wandten sich Lomax zu. Sein Blick glitt flüchtig über sie weg, dann ging er zur Bar. »Wo ist Dimitri?«

Der Barmann zuckte die Schultern. »Warum fragen Sie da mich? Ich bin nicht sein Hüter.«

Er nahm ein Glas und begann es mit einem schmutzigen Tuch zu polieren. Lomax drehte sich langsam um und ging quer durch den Raum.

Dimitris Bouzouki lehnte noch immer neben dem Stuhl, da wo er sie hingestellt hatte. Lomax packte und zerschmetterte sie mit einer einzigen heftigen Bewegung an der Wand.

Er drehte sich zu den anderen um, von denen sich keiner rührte. »Ich habe gefragt, wo Dimitri ist«, sagte er ruhig.

Ein paar Sekunden lang saßen sie alle da und starrten ihn schweigend an, dann sagte ein alter Mann mit weißem Haar und nikotinverfärbtem Schnurrbart: »Er ist auf dem Pier, um zuzusehen, wie Sie abfahren.«

Lomax drehte sich um und ging die Stufen hinauf zurück in die Hitze. Er eilte über die Straße hinüber und ging den Kai entlang.

Der Dampfer war im Begriff abzufahren, und er konnte Papademos sehen, der sich oben auf der Brücke aus einem offenen Fenster lehnte und den Matrosen, die die Vertäuungsseile zu lösen begannen, Befehle zurief.

Rund zwei Dutzend Leute standen in kleinen Gruppen herum. Alexias lehnte an einer Säule, eine Zigarre zwischen den Zähnen. Der kleine Nikoli mit dem zernarbten Gesicht stand neben ihm.

Es war Nikoli, der Lomax zuerst sah. Er zupfte am Ärmel des großen Mannes und deutete mit dem Finger. Alexias sagte schnell irgend etwas, und alle Köpfe wandten sich Lomax zu.

Die Hälfte der Umstehenden waren junge Herumtreiber in buntkarierten Hemden, das Haar über den Kragen sorgfältig gelockt. Es waren die Typen, die man in jedem Land der Welt findet. Niederträchtige, bösartige junge Bestien, die darauf aus waren, Scherereien zu machen.

Einer von ihnen wandte sich um und machte eine Bemerkung; alle lachten, und dann sah Lomax Dimitri hinter den anderen stehen. Er lehnte gegen ein Ankerspill, eine Zigarette glomm zwischen seinen Lippen, während er mit seinem Springmesser an einem Stück Holz herumschnitzte.

Als Lomax sich näherte, teilte sich die Menge, und er blieb in einem Meter Entfernung vor Dimitri stehen. Der Bouzouki-Spieler summte fast lautlos vor sich hin.

Er unterzog sich nicht einmal der Mühe, den Kopf zu heben.

Alexias trat vor, Nikoli neben sich. »Das ist nicht der richtige Zeitpunkt, um Ärger zu machen, Lomax. Das Schiff fährt in fünf Minuten ab.«

Lomax wandte sich ihm sehr langsam zu und sah ihn verächtlich an. »Wenn ich was von Ihnen hören möchte, werde ich es Sie wissen lassen. Früher waren Sie einmal ein Mann, aber jetzt...«

Als er sich abwandte, griff Dimitri zum Pflaster hinab, um ein neues Stück Holz aufzuheben, und Lomax stieß es mit dem Fuß weg.

Dimitri hob langsam den Kopf. Seine Augen waren sehr glänzend, die Pupillen wie Stecknadelköpfe. Noch immer summte er vor sich hin, aber an der einen Kinnseite zuckte ein Muskel.

»Bei Kindern und Hunden bist du wirklich ein Mann«, sagte Lomax deutlich, so daß alle es hören konnten. »Wie wäre es, wenn du es mal mit jemand versuchen würdest, der ungefähr deine eigene Kragenweite hat?«

Im einen Augenblick lehnte der Bouzouki-Spieler noch am Ankerspill, im nächsten fuhr er nach vorne, das nach oben schießende Messer blitzte in der Sonne wie geschmolzenes Silber.

Lomax hätte ihm mit Leichtigkeit den Arm brechen können. Statt dessen machte er eine Drehung und schlug mit der Handkante zu. Dimitri schrie auf, ließ das Messer fallen, und Lomax stieß es über den Rand des Piers ins Wasser.

Er fühlte sich völlig gelassen und ohne Furcht. Es war ganz so, als sei der andere, jüngere Mann, nach dem er hier suchte, zurückgekehrt. Der junge Mann, der auf solche Methoden so lange trainiert worden war, bis die Gegenmaßnahmen wie Reflexe funktionierten.

Unter Dimitris Freunden erhob sich gehässiges Gemurmel, aber er hielt eine Hand hoch und schüttelte den Kopf. Als er sprach, klang seine Stimme merkwürdig unbeteiligt. »Ich werde ihm sein Genick ebenso leicht brechen wie das des Hundes.«

Auf dem Schiff war alle Arbeit eingestellt worden; jeder wartete. Während Lomax Dimitri wachsam umkreiste, sah er Leute auf den Kai zueilen, und dann tauchte aus einer Seitenstraße ein alter Jeep auf und bremste. Katina und Yanni stiegen aus.

Eine Seemöwe kreischte und stieß herab, und Dimitri sprang nahe an seinen Gegner heran, die Rechte fuhr zu einem wuchtigen Schlag vor.

Lomax sah ihn wie in Zeitlupe kommen. Er wich leicht aus, so daß der Bouzouki-Spieler an ihm vorüberstürzte, und verpaßte ihm mit der Handkante einen Schlag in die Nierengegend.

Dimitri schrie auf und fiel aufs Pflaster. Eine Weile verharrte er dort auf Händen und Knien, und als er aufstand, geiferte er wie ein Tier.

Er torkelte erneut nach vorne; Lomax packte mit beiden Händen sein Handgelenk, verdrehte es und riß es mit einem Ruck nach oben, so daß er ihn in einem japanischen Schultergriff hatte. Dimitri schrie erneut, und Lomax, ihn noch immer mit diesem schrecklichen Griff festhaltend, stieß ihn kopfüber in einen Stapel eisenbeschlagener Kisten.

Die Menge um ihn her schnappte nach Luft. Lomax trat zurück und wartete. Dimitri griff nach einer Kette und zog sich mühsam hoch. Als er sich umwandte, war sein Gesicht eine Maske aus Blut. Seine Hand glitt von der Kette ab, er machte einen taumelnden Schritt nach vorne und sackte auf dem Boden zusammen.

Ein Augenblick bestürzter Stille herrschte, dann folgte spontanes Wutgebrüll aus den Reihen von Dimitris Freunden. Als Lomax sich ihnen zuwandte, stürzten sie sich auf ihn.

Seine Faust prallte gegen das erste Gesicht, dann traf ihn ein Stiefel am Schienbein. Er schrie auf und begann das Gleichgewicht zu verlieren. Während er noch nach vorne gebeugt dastand, wurde ihm ein Knie ins Gesicht gestoßen, und das Kopfsteinpflaster kam auf ihn zu.

Verzweifelt rollte er zur Seite, das Gesicht gegen die Schulter gepreßt, mit den Händen die Genitalien schützend. Dann hallte flach ein Schuß übers Wasser und danach ein zweiter. Es war, als ob alle Uhren der Welt auf einmal stehengeblieben seien. Dimitris Freunde wichen zögernd zurück, Lomax raffte sich schwerfällig auf.

Vater John Mikali stand ganz in der Nähe, und neben ihm Kytros, den Revolver in einer Hand, den Daumen der anderen im Gürtel verhakt. Er sah völlig gelassen und beherrscht aus.

Lomax stand da, sein ganzer Körper schmerzte, im Mund hatte er einen Geschmack nach Blut. Kytros sagte ruhig: »Das Schiff wartet auf Sie, Captain Lomax.«

Lomax drehte sich um und sah Alexias an. Auf dem Gesicht des großen Mannes lag ein Ausdruck, bei dem es sich möglicherweise um etwas wie Respekt handelte. Aber da war noch mehr. Ein leicht verwirrtes Stirnrunzeln – so als ob er zum erstenmal unsicher sei, sowohl was ihn selbst, als was die Situation betraf.

Lomax holte tief Luft, um wieder klar denken zu können, und drehte sich um. Er schob sich am Sergeant vorbei und ging über den Pier zurück. Die Leute wichen schweigend rechts und links zur Seite.

Irgendwo, in tausend Meilen Entfernung, konnte er Papademos seine Leute anschreien hören, dann ertönte das Rasseln der Ankerkette; in seinen Ohren war ein lautes Dröhnen.

Katina war da, umfaßte ihn mit einem Arm, und auch Yanni war neben ihm, mit vor Erregung bleichem Gesicht. Sie führte ihn zu dem Jeep, der Junge öffnete die Tür, und Lomax sackte auf dem Mitfahrersitz zusammen.

Katina setzte sich hinters Lenkrad und beugte sich zu ihm hinüber, um ihm das Blut aus dem Gesicht zu wischen. »Geht es?« fragte sie ruhig.

Er spürte, wie ihre Hand zitterte, hielt sie für einen Augenblick fest und lächelte. »Ein Glück, daß Kytros im richtigen Moment eintraf. Ich werde allmählich ein bißchen zu alt für solche Spielchen.«

Sie fuhr schnell ab. Die Leute wichen beiseite. Sie bog geschickt in die enge Seitenstraße ein.

»Wohin fährst du?« fragte er.

»Ins Hotel, Ihre Sachen abholen. Hinterher bringe ich Sie zur Villa hinaus. Das würde Oliver von mir erwarten.«

Sie fuhr auf den Platz hinaus und hielt vor dem Hotel. Als sie aussteigen wollte, legte Lomax eine Hand auf ihren Arm. »Nicht du – nur ich.« Er stieg aus und kam auf die andere Seite des Wagens. »Ich brauche ein bißchen Zeit, um mir das alles durch den Kopf gehen zu lassen.«

Sie sah ihn ernsthaft an. »Wie Sie wollen.«

»Willst du Yanni bei dir behalten?«

Sie nickte. »Ich glaube, es wäre besser.«

Er lächelte und strich mit den Fingern durch die zerzausten Haare des Jungen. »Wir finden wieder einen Hund für dich, Yanni.«

Er ging zwischen den Tischen durch, und als er eben bei der Tür angelangt war, rief sie seinen Namen. Als er sich umdrehte, sah er, daß sie eine Kette löste, die um ihren Hals hing.

Sie warf sie ihm zu, flüssiges Gold in der Sonne, er fing sie auf und umschloß sie mit der Hand. Er wußte sofort, was es war.

»Ich gebe Ihnen Ihre Courage zurück«, sagte sie und fuhr schnell davon.

Er trat in das kühle Dunkel des Hotels und bemerkte Annas erschrecktes Gesicht, als sie von der Küchentür aus zu ihm herausspähte. Die Treppe nach oben schien sich in alle Ewigkeit zu erstrecken.

Als er in seinem Zimmer angekommen war, schloß er sorgfältig die Tür, lehnte sich mit dem Rücken dagegen und starrte auf seine geballte Rechte, von der die beiden Enden der Goldkette herabhingen. Nach einer Weile öffnete er die Hand behutsam und blickte auf die kleine Bronzemünze, auf der das Gesicht des Achill zu sehen war.

Das ist lange her, dachte er. Verdammt lange. Er zündete sich eine Zigarette an, legte sich rücklings aufs Bett und starrte mit blicklosen Augen in die Vergangenheit.

5.

Schutz der Dunkelheit

Es war das Hämmern der Maschinen, das Lomax mit einem Ruck wach werden ließ. Er blieb ein paar Sekunden lang auf der Koje liegen und starrte zum Schott hinauf; seine Stirn war leicht gerunzelt, während er sich zu erinnern versuchte, wo er war.

Nach einer Weile klickte etwas, und er stützte sich auf einen Ellbogen auf. Alexias saß mit ausgestreckten Beinen in einem Segeltuchstuhl in der gegenüberliegenden Ecke und beobachtete ihn.

Der Grieche nahm die brennende Zigarette aus dem Mund und grinste. »Sie reden im Schlaf, mein Freund. Wußten Sie das?«

»Das hat mir gerade noch gefehlt«, sagte Lomax. »Haben Sie vielleicht eine von den Dingern da übrig?«

Der Grieche nickte und stand auf. Er war ein großer, gefährlich aussehender Mann, der dringend einer Rasur bedurfte, und seine massigen Schultern wölbten sich unter der blauen Matrosenjacke.

»Ich denke, Sie sind vielleicht schon zu lange bei diesem Spiel mit dabei«, sagte er, während er Lomax eine Zigarette gab und ein Streichholz für ihn anzündete.

»Geht uns das nicht allen so?«

Bevor der Grieche antworten konnte, wurde der Vorhang zurückgezogen und Sergeant Boyd erschien mit zwei Tassen Kaffee. Er gab eine davon Alexias und die andere Lomax, der einen Schluck trank und das Gesicht verzog. »Alles schmeckt nach Unterseeboot. Ich weiß nicht, wie sie das hier aushalten.«

Boyd war ein großer, zuverlässiger Mann aus dem

Norden, das Band der Militärmedaille war ordentlich über seiner linken Brusttasche aufgenäht, unterhalb der SAS Flügel.

»Wir sind gerade aufgetaucht«, sagte er. »Commander Swanson hat mich gebeten, Ihnen auszurichten, Sie sollten in einer Viertelstunde fertig sein.«

»Ist das Gerät bereit?«

Boyd nickte. »Ich mußte mich irgendwie beschäftigen. Ich konnte nicht schlafen. Das kann ich bei solchen Gelegenheiten nie.«

»Wie fühlen Sie sich?« fragte Lomax.

»Was den Auftrag betrifft?« Boyd zuckte die Schultern. »Wie gewöhnlich. Warum?«

Lomax schüttelte den Kopf. »Ich frage aus keinem besonderen Grund. Es scheint mir nur, als ob wir in letzter Zeit dauernd solche Dinge machen müssen; das ist alles. Wir haben auch nicht das ewige Leben, wissen Sie.«

»Kriege ebensowenig«, erwiderte Boyd. »Jedenfalls stehen die Chancen jeweils fünfzig zu fünfzig. So viel verstehe sogar ich von Mathematik.«

»Ich weiß nicht recht«, sagte Lomax. »Diesmal ist es was anderes. In Kreta konnte man in den Bergen lange Strecken rennen, aber Kyros ist eine kleine Insel.«

»Wir sind früher schon auf kleinen Inseln gewesen. Außerdem haben wir Alexias hier, der sich auskennt. Es wird schon alles klappen.«

Alexias grinste, und seine Zähne hoben sich sehr weiß gegen die dunklen Bartstoppeln ab. »Klar, alles wird ausgezeichnet klappen. Sie brauchen sich überhaupt keine Sorgen zu machen.«

»Wer sagt denn, daß ich mir Sorgen mache?« Lomax schwang die Beine auf den Boden. »Ihr beide holt das

Zeug zusammen. Wir treffen uns in fünf Minuten oben.«

Nachdem die anderen verschwunden waren, blieb er noch auf dem Bettrand sitzen, um seine Tasse leerzutrinken. Der Kaffee schmeckte scheußlich und die Zigarette auch nicht besser.

Er war müde, das war das Problem. Verdammt müde – und alles begann am Rand ein bißchen zu verschwimmen. Nach dieser Sache jetzt brauchte er erst einmal Ruhe. Ein Monat in Alex würde ausreichen, aber das hatte man ihm nun seit einem Jahr immer wieder versprochen. Er zog seine Schaffelljacke an, griff nach seiner Baskenmütze und ging hinaus.

Er schritt durch den Kontrollraum und stieg die Kommandoturmleiter zur Brücke hinauf. Über ihm war die runde Kugel der Nacht mit hellglänzenden Sternen übersät. Er atmete tief die frische Salzluft ein und fühlte sich plötzlich besser.

Swanson, das Nachtfernrohr vor den Augen, blickte zum Ufer hinüber. Lomax drückte seine Zigarette aus und trat neben ihn. »Wie steht die Sache?«

»Bisher ist alles reibungslos verlaufen«, antwortete Swanson.

Sie glitten durch eine Ansammlung zerklüfteter Felsen und winziger Inselchen, und Lomax gab einen leisen Pfiff von sich. »Scheint ziemlich knifflig zu sein.«

»Wir hatten nicht viel Auswahl«, sagte Swanson. »Schließlich wollten Sie zu diesem Teil der Insel – und so gibt es für uns wenigstens eine Art Deckung gegen die Radargeräte der Deutschen. Ich habe gehört, der Hafen ist für gewöhnlich gestopft voll von Landebooten. Wollen Sie mal hineinsehen?«

Lomax nahm das Nachtfernrohr, und sofort tauchten

die Klippen aus dem Dunkel auf, weißer Brandungsgischt prallte gegen die Felsen.

Swanson redete ins Sprachrohr hinein, und als er sich umdrehte, blitzten seine Zähne in der Dunkelheit. »Jetzt dauert es nicht mehr lang. Wie fühlen Sie sich?«

»Ausgezeichnet«, erwiderte Lomax. »Sie brauchen sich um uns keine Sorgen zu machen.«

»Natürlich haben Sie solche Sachen schon x-mal gemacht, nicht wahr? Ich muß schon sagen, Ihr Sergeant gefällt mir.«

»Wir sind jetzt seit zwei Jahren beisammen«, sagte Lomax. »Kreta, Rhodos, die gesamte Ägäis. Er versteht mehr von Sprengstoff, als ich jemals begreifen werde. Er war vor dem Krieg Sprengmeister in einer Mine in Yorkshire. Sie versuchten, ihn vom Militärdienst zurückstellen zu lassen, aber davon wollte er nichts wissen.«

»Wie schafft er das mit dem Sprachproblem?«

»Er hat ausreichend Deutsch und Griechisch aufgeschnappt, um durchzukommen, aber es spielt keine große Rolle. Ich spreche beide Sprachen fließend.«

»Wie interessant«, sagte Swanson. »Was haben Sie denn getan, bevor dieser ganze Mist anfing?«

»Ich war auf der Universität, habe als Journalist gearbeitet. Und ein bißchen geschrieben.« Lomax zuckte die Schultern. »Eigentlich hatte ich noch gar nicht mit irgend etwas richtig angefangen.«

»Der Krieg, der Krieg, der verdammte Krieg.« Swanson seufzte. »Ich weiß, was Sie meinen. Ich war Medizinstudent im sechsten Semester – und schauen Sie mich jetzt an.«

Sie waren nahe ans Ufer herangekommen, und Swanson warf einen Blick auf die vereinzelte Bergspitze der Insel, die sich schwarz gegen den Nachthimmel abhob. »Glauben die Einheimischen nicht, Achilles sei oben auf dem Berg begraben?«

Lomax nickte. »Es wird behauptet. Das Kloster von St. Antonius ist auch dort oben.«

»Sie scheinen sich auszukennen.«

»Eigentlich nicht. Hier kommt Alexias ins Spiel. Er ist auf Kyros geboren und aufgewachsen. Wir könnten den Auftrag ohne ihn gar nicht durchführen.«

»Er scheint ein rauher Zeitgenosse zu sein«, sagte Swanson. »Ist er schon lang mit Ihnen zusammen?«

Lomax schüttelte den Kopf. »Er hat mit einer Gruppe im südlichen Kreta zusammengearbeitet. Der Geheimdienst hat ihn speziell für diese Aufgabe hergeholt.«

»Wie wollen Sie wegkommen, wenn Sie die Sache hinter sich gebracht haben?«

»Dafür ist die Marineabteilung des Geheimdienstes zuständig. Es wird ein griechisches Boot benutzt, und wir tarnen uns als Fischer. Ein Bursche namens Soames hat das unter sich.«

»Den kenne ich gut.« Swanson schauderte. »Da sind Sie bei den Deutschen noch besser dran.«

»Wir werden es schon überstehen«, sagte Lomax.

»Ich habe letzte Woche mit einem Burschen in einer der Bars in Shepherd's gesprochen«, sagte Swanson, »und der hat mir erzählt, daß Oliver Van Horn noch immer dort lebt. Und daß die Deutschen ihn in Ruhe gelassen hätten. Stimmt das?«

»Soviel ich weiß, ja«, antwortete Lomax. »Er kam seiner Tuberkulose wegen unmittelbar vor dem Krieg hierher. Ich nehme nicht an, daß er den Deutschen viel Schaden zufügen kann, und wenn sie ihm erlauben, weiterhin auf der Insel zu wohnen, macht das in der Öffentlichkeit einen guten Eindruck. Haben Sie irgendwelche seiner Bücher gelesen?«

Swanson nickte. »Eines oder zwei. Weitgehend à la Maugham. Ausgezeichnete Charakterisierungen.«

»Ich wollte, ich hätte die Hälfte seines Talents«, sagte Lomax inbrünstig.

Swanson hatte die Küstenlinie sorgfältig durch das Nachtfernrohr beobachtet, nun beugte er sich vor und redete wieder ins Sprachrohr hinein.

Das U-Boot verlangsamte die Fahrt. Swanson wandte sich Lomax zu und sagte: »Bis hierher und nicht weiter – leider. Man schafft Ihr Schlauchboot und die Geräte durch die vordere Luke hinaus. Ihr Sergeant und der Grieche warten dort auf Sie.«

»Danke für die Überfahrt«, sagte Lomax.

Sie gaben sich kurz die Hand, und Lomax stieg über die seitliche Leiter hinab auf den runden Bootskörper. Das Schlauchboot war bereits aufs Wasser hinabgelassen worden, und als er eintraf, ließ sich Boyd eben hinunter, gefolgt von Alexias.

Es herrschte eine erhebliche Dünung, und die drei Matrosen, die die Taue hielten, fluchten; einer von ihnen rutschte auf den schmierigen Stahlplatten aus.

Der Obermaat reichte Boyd die Maschinenpistolen und das Funkgerät hinunter und wandte sich dann an Lomax. »Ich würde an Ihrer Stelle meinen Tornister festschnallen, Sir. Es wird ein bißchen schwierig werden, durch diese Brandung hindurchzukommen.«

»Das ist die Untertreibung des Jahres«, rief Boyd leise herauf.

Lomax ließ die Arme durch die Riemen des Tornisters gleiten und schnallte sie fest.

»Fertig, Sir?« fragte der Obermaat.

»Jetzt oder nie, Obermaat.«

Er wartete, schätzte die Distanz ab, und als das Schlauchboot auf einer Woge hochgehoben wurde, trat er schnell hinein und setzte sich hin. Die Matrosen ließen die Taue los, und sofort schwemmte die Flut das Schlauchboot vom Unterseeboot weg auf das Ufer zu.

Der Wind frischte auf, die weißen Schaumkronen tanzten. Als Lomax nach dem Paddel griff, legte sich das Boot leicht auf die Seite, und Wasser ergoß sich über das Dollbord. Er rückte eine Spur zur anderen Seite hin, um das Gleichgewicht zu halten, und begann zu paddeln.

Durch den Vorhang von Gischt ragten die Klippen immer höher vor ihnen auf, und um sie herum rasten die Wellen an den gezackten, gefährlich aussehenden Felsen empor.

Boyd fluchte unentwegt vor sich hin, als das Wasser über die Bootsseiten hereinschlug, und Alexias tauchte sein Paddel tief ins Wasser und wandte seine gewaltigen Kräfte an, um die Fahrt unter Kontrolle zu halten. Und dann wurden sie auf einer großen Welle hochgehoben, und Lomax sah in kaum mehr als hundert Meter Entfernung den Ansatz der Klippen.

Einen Augenblick lang schienen sie in der Luft zu schweben, dann schossen sie zwischen zwei riesigen Felsbrocken hinein. Eine wirbelnde Strömung drehte sie im Kreis, und es gab an der Unterseite des Bootes einen seltsam hohlen, klatschenden Laut.

Das Wasser zerbarst in weißem Schaum, der hoch in die Luft geschleudert wurde, dann schlingerten sie mit der Breitseite in die Brandung hinein und wurden hoch über eine große Felsplatte angehoben.

Lomax sprang über das Heck in das sprudelnde Wasser und ging unsicher in die Knie, um das Funkgerät zu ergreifen. Als seine Finger die Riemen umfaßt hatten, brachte ihn eine weitere Welle zum Taumeln.

Er versuchte aufzustehen, und Boyd kämpfte sich durch die Brandung mit ausgestreckten Händen auf ihn zu, um ihm zu helfen. Einen Augenblick lang umklammerten sie einander, dann ergoß sich eine weitere große Welle über das Felsenriff und warf sie um.

Lomax ließ instinktiv das Funkgerät los und griff nach Boyd. Verzweifelt hielt er sich fest, die Finger der freien Hand in den groben Kies verhakt, während die Welle mit einem gewaltigen, saugenden Laut zurückrollte.

Er kam mühsam zum Stehen, wobei er Boyd mit sich hochzog, und dann erschien Alexias. Das Wasser umschäumte sie bis zur Taille, zerrte an ihren Gliedern, und als es wieder zurückwich, stolperten die drei zwischen den letzten gezackten Felsen ans Ufer auf den schmalen Streifen weißen Sandes unterhalb der Klippen.

Lomax sank zu Boden, den Rücken gegen einen Felsbrocken gelehnt, und Boyd setzte sich neben ihn. »Alles in Ordnung, Sir?«

Lomax nickte. »Einen Augenblick lang war es ziemlich knifflig dort draußen.«

»Es ist mir gelungen, die Waffen festzuhalten«, sagte Boyd. »Es war verdammt gut, daß wir die Tornister umgeschnallt hatten.«

»Leider ist das Funkgerät weg«, sagte Lomax.

Boyds Zähne schimmerten in der Dunkelheit. »Macht nichts. Das rettet Sie jedenfalls vor der Versuchung, es im falschen Augenblick zu benutzen.«

Alexias kauerte neben ihnen nieder. »Ich habe das Schlauchboot packen können.« Ein Zischen war zu hören, als er die Ventile öffnete und das Boot in sich zusammensank.

»Danke für Ihren starken Arm«, sagte Lomax zu ihm. »Das ganze war wesentlich schwieriger, als ich gedacht habe.«

Alexias blickte auf die weiße, gegen die gezackten Riffe donnernde Brandung und zuckte die Schultern. »An dieser Seite der Insel ist das Meer wie eine Frau. Man weiß nie, was sie als nächstes tun wird. Als Junge bin ich in heißen Sommernächten von diesem Strand aus hinausgeschwommen, und das Wasser war wie schwarzes Glas.«

»Die Hauptsache ist, wir sind heil und ganz hier, wenn auch ohne Funkgerät«, sagte Lomax. »Wie weit ist es zum Hof Ihres Bruders?«

»Ungefähr drei Kilometer, und der Weg ist leicht.«

»Je eher wir dort sind, desto besser.« Lomax stand auf. »Dem Nachrichtendienst zufolge gibt es selbst auf dieser Seite der Insel eine stündliche Patrouille.«

Sie schütteten hastig das Schlauchboot mit Sand und Steinen zu, dann verteilte Boyd die Maschinenpistolen, und sie machten sich sofort auf den Weg. Alexias führte, Lomax ging als letzter.

Der Sand war tief, einmal stolperte er und fluchte leise vor sich hin, dann waren sie auf einem schmalen Pfad, der steil durch eine Felsenrinne hinauf auf die Klippen führte.

Alexias hob eine Hand und bewegte sich dann vorsichtig weiter, bis er den Kopf über den Rand der Felsenrinne heben konnte. Gleich darauf winkte er den beiden anderen, sie überquerten ein Plateau mit kurzem, verbrannten Gras und kletterten dann einen mit Felsbrocken übersäten Abhang hinauf.

Mindestens eine halbe Stunde lang wurde kein Wort gesprochen, dann kamen sie über den Bergrücken und sahen in einem kleinen Tal ein Haus mitten in einem Olivenhain.

Alexias blieb stehen, um sich zu orientieren, und stieg dann sich im Dunkeln haltend abwärts, ohne dem Pfad zu folgen, der im Zickzack entlang der Weinterrassen verlief.

Das Haus war dunkel, sie duckten sich neben dem Zaun, und Lomax blickte auf seine Uhr. Es war kaum neun, und er runzelte die Stirn. »Die gehen hier aber früh zu Bett.«

Alexias zuckte die Schultern. »Die Leute führen ein hartes Leben.«

»Vielleicht«, sagte Lomax. »Aber wir nehmen kein Risiko auf uns.« Er wandte sich an Boyd. »Gehen Sie ums Haus herum nach vorne, während ich Alexias von hier aus Deckung gebe – nur für alle Fälle.«

Boyd verschwand im Dunkel, und sie gaben ihm zwei Minuten Zeit, bevor sie sich selbst in Bewegung setzten. Lomax ließ sich neben einem Pferdetrog vor der Scheune auf ein Knie nieder. Alexias setzte seinen Weg durch den Hofraum fort und stieg die Stufen zur Vorveranda hinauf. Vorsichtig öffnete er die Tür und trat ins Innere des Hauses.

Irgendwo bewegte sich ein Pferd unruhig in seiner Box, und in der Ferne heulte ein Hund. Ein kleiner Windstoß trieb Lomax Staub ins Gesicht, und er wischte ihn mit dem Handrücken ab; mit zusammengekniffenen Augen spähte er zum Haus hinüber und fragte sich, was sich dort innen wohl abspielte.

Ein leises, fast gespenstisches Knarren ertönte, als die Scheunentür aufschwang und jemand leise auf griechisch sagte: »Legen Sie Ihre Waffe weg und heben Sie die Hände.«

Es war die Stimme einer Frau, die in Anbetracht der Umstände erstaunlich gelassen klang. Lomax lehnte die Maschinenpistole gegen den Trog und wandte sich ihr zu.

Der Lauf eines Gewehrs preßte sich gegen seine Brust, und er konnte sehen, daß es sich um ein ganz junges Mädchen handelte, dessen Kopf kaum bis zu seiner Schulter reichte.

»Was tun Sie hier?« fragte sie. »Wer sind Sie?«

Er schob mit einer ruhigen Bewegung den Gewehrlauf beiseite. »Das ist unnötig. Ich bin ein Freund. Ein britischer Offizier. Ich suche Nikoli Pavlo. Ist er zu Hause?«

Sie beugte sich vor, ihr Gesicht war ein weißer Fleck in der Dunkelheit. Als sie sprach, hatte sich ihr Ton wahrnehmbar verändert. »Nein, er ist nicht hier.«

»Ah so«, sagte Lomax. »Darf ich fragen, wer du bist?«

»Katina Pavlo, seine Tochter.«

Von der Vorveranda her ertönte ein leiser Pfiff, und Lomax griff nach seiner Maschinenpistole. »Gehen wir hinein. Ich glaube, es steht dir eine Überraschung bevor.«

Sie folgte ihm über den Hof, und als sie die Stufen zur Veranda emporstiegen, stand Boyd auf der Schwelle. »Es ist niemand zu Hause«, sagte er. »Aber es ist ein Feuer im Wohnzimmer, und die Lampe ist noch warm.« Er brach ab, als er das Mädchen sah. »Wer ist denn das?«

»Die Tochter des Hauses«, antwortete Lomax. »Sie hielt sich in der Scheune versteckt.«

Er schob sich an Boyd vorbei und betrat eine mit Steinfliesen belegte weißgekalkte Küche. Eine andere Tür führte in den großen Wohnraum, der sehr einfach möbliert war.

Ein Holzfeuer brannte in einem offenen Kamin, und in einer Ecke führte eine Holzleiter durch eine Falltür zum Dachboden hinauf.

Alexias war eben im Begriff, eine Lampe anzuzünden, die auf dem Tisch in der Mitte des Zimmers stand. Er stülpte den Glaszylinder auf und drehte sich um. Eine ganze Weile blickten er und das Mädchen einander an, dann ließ sie das Gewehr fallen und rannte in seine Arme.

Er hob sie vom Boden auf und schwang sie im Kreis durch die Luft. »Katina, meine kleine Katina! Wie du gewachsen bist!« Er stellte sie auf den Boden und hielt sie auf Armeslänge von sich weg. »Wo ist dein Vater?«

Das junge Gesicht war sehr bleich, die Haut lag allzu straff über den hervorspringenden Backenknochen, die Augen waren im Schatten. Sie schüttelte leicht den Kopf, so als sei sie unfähig zu sprechen. Das Lächeln wich von Alexias' Gesicht.

»Was ist los, Katina? Erzähl es mir.«

Als sie sprach, klang ihre Stimme heiser und unnatürlich.

»Er ist tot. Sie haben ihn letzte Woche vor dem Rathaus erschossen.«

Sie begann zu weinen, ein heftiges, trockenes Schluchzen schüttelte ihren schlanken Körper. Alexias zog sie an sich und starrte blindlings über sie weg ins

Leere. Nach einer Weile führte er sie durchs Zimmer in die Küche; seine Füße schleiften über den Boden wie die eines alten Mannes. Die Tür schloß sich sachte hinter ihnen.

6.

Bereitschaft zu töten

Als Alexias ungefähr zwanzig Minuten später ins Wohnzimmer zurückkehrte, saßen Lomax und Boyd nackt bis zur Taille vor einem knatternden Feuer, ihre restliche Kleidung hing dampfend an einer improvisierten Wäscheleine.

Der Grieche ließ sich auf einen Stuhl fallen und nahm mechanisch eine Zigarette heraus. Er schien um zehn Jahre gealtert zu sein, und seine Augen waren voller Schmerz, während er so dasaß und ins Feuer starrte.

Nach einer Weile seufzte er. »Er war ein guter Mann, mein Bruder. Zu gut, um so zu sterben.«

Lomax gab ihm Feuer. »Was ist geschehen?«

»Sie erwischten ihn, als er ein E-Boot im Hafen fahruntauglich machen wollte.«

»Er ganz allein?« fragte Boyd überrascht.

Alexias nickte. »Kyros ist eine kleine Insel. Für eine organisierte Widerstandsbewegung gibt es hier keine Chance. Das war der Grund, weshalb ich vor zwei Jahren nach Kreta ging. Nikoli wollte ebenfalls dorthin, aber einer von uns mußte hierbleiben. Da war der Hof und Katina, an die man denken mußte, zumal ihre Mutter kurz vorher gestorben war.«

»Wie geht es ihr?« fragte Lomax.

»Katina?« Alexias zuckte die Schultern. »Das war nichts weiter – eine vorübergehende Reaktion. Sie hat sehr großen Mut, die Kleine. Sie macht jetzt Kaffee und bereitet ein kleines Abendessen.«

»Was will sie tun?« erkundigte sich Boyd. »Sie kann doch hier nicht alleine leben. Sie ist ja noch ein Kind.«

»Sie wird bei meiner Frau wohnen. Ich habe unten am Hafen eine kleine Bar, die ›Kleines Schiff‹ heißt. Katina ist jeden Tag mit Pferd und Wagen hier herausgefahren, um sich um alles zu kümmern, bis entschieden worden ist, was getan werden soll. Anscheinend wollte sie gerade von hier verschwinden, als sie uns durch den Weinberg herabkommen sah.«

»Weiß sie, weshalb wir hier sind?«

Alexias schüttelte den Kopf. »Im Augenblick nicht. Ich werde es ihr später erzählen. Sie kann uns sehr nützlich sein.«

»Wie weit, glauben Sie, wird sich der Tod Ihres Bruders auf unsere Pläne auswirken?« fragte Lomax.

»Nur wenig«, antwortete Alexias. »Aber es bedeutet, daß ich mit verschiedenen Einheimischen nun selbst Kontakt aufnehmen muß. So bald wir gegessen haben, werde ich mit Katina in die Stadt hinuntergehen.«

»Das könnte gefährlich sein«, meinte Boyd.

Alexias schüttelte den Kopf. »Es gibt keine Sperrstunde auf Kyros, und die Cafés am Hafen sind für gewöhnlich bis nach Mitternacht voller Gäste. Die Deutschen können viele Dinge ändern, aber nicht unseren Lebensstil.«

In diesem Augenblick öffnete sich die Küchentür, und Katina trat ein. Sie trug ein Tablett, das sie auf dem Tisch abstellte.

Dann drehte sie sich um und strich sich mit einer Hand eine Locke aus der Stirn. »Leider gibt es nur Ziegenkäse und Oliven, aber das Brot ist frisch. Meine Tante hat es heute morgen gebacken, bevor ich wegfuhr.«

»Das sieht verdammt gut aus, Schätzchen«, sagte Joe Boyd, und die Kleine errötete und goß schnell Kaffee in vier Becher.

Lomax hatte vor dem Feuer sein Hemd und seinen Pullover angezogen, und als er sich umdrehte, stand sie unmittelbar hinter ihm, einen der Becher in der Hand.

Sie lächelte scheu. »Leider gibt's keinen Zucker.«

Ihr Gesicht war herzförmig; die reine, weiße Haut lag allzu straff um die hervorspringenden Backenknochen, unter ihren Augen lagen dunkle Schatten. Das schwarze Haar war aus dem Gesicht gestrichen und mit einem Band hinten zusammengehalten. Sie mochte sechzehn oder siebzehn sein, das war schwer zu schätzen. Ihr Gesicht hatte diesen müden, zu alten Ausdruck, den er in letzter Zeit bei so vielen Leuten gesehen hatte.

Er lächelte und trank einen Schluck Kaffee. »Er schmeckt trotzdem gut. Trinkst du keinen?«

Sie schüttelte den Kopf. »Meine Tante wartet mit dem Essen auf meine Rückkehr.«

Sie trug ein ausgeblichenes Kattunkleid, das offensichtlich mehrfach gewaschen und geflickt worden war, dazu eine alte Norfolkjacke, zwei Nummern zu groß für sie und mit einem Gürtel um die schlanke Taille zusammengehalten.

Lomax fuhr mit dem Zeigefinger leicht über einen der Aufschläge. »Harris Tweed. Nicht gerade sehr griechisch. Wo hast du das aufgelesen?«

Sie errötete, und seine Worte taten ihm sofort leid, weil er wußte, daß er in irgendeiner Weise ihren Stolz verletzt hatte. »Neue Kleider sind etwas, das man hier unmöglich bekommen kann«, sagte sie. »Ich habe diese Jacke von einem Bekannten bekommen, Mr. Van Horn.«

»Du kennst Oliver Van Horn?« fragte Lomax überrascht.

»Jeder auf Kyros kennt Mr. Van Horn«, sagte sie. »Er ist ein großartiger Mann.«

»Wohnt er noch immer in seiner Villa draußen auf der Landspitze?« fragte Alexias.

Sie nickte. »Die Deutschen lassen ihn in Ruhe. Seit der alte Dr. Douplos gestorben ist, hat Mr. Van Horn seinen Platz eingenommen. Er ist für die Inselbewohner der einzige erreichbare Arzt.«

»Ich hatte ganz vergessen, daß er als junger Mann Medizin studiert hat«, bemerkte Lomax. »Noch etwas, das ihn mit Maugham verbindet. Ich gäbe viel darum, ihn kennenzulernen.«

»Wer weiß, vielleicht kommt es dazu.« Alexias schnitt sich ein großes Stück Käse ab. »Katina, ich habe mich entschlossen, mit dir in die Stadt zu fahren. Kann ich das riskieren?«

Sie nickte. »In einer warmen Nacht wie heute sind sicher viele Leute auf den Straßen.«

Alexias wandte sich an Lomax. »Ich werde gleich morgen früh zurück sein. Bis dahin werde ich einiges in Bewegung gesetzt haben. Sie und Boyd können hier auf dem Dachboden schlafen.«

»Ich werde gehen und die Stute anschirren«, unterbrach ihn Katina. »Wenn ich nicht bald zurückkehre, macht sich Tante Sarah Sorgen.«

Die Tür schloß sich hinter ihr. Lomax zog seine Jacke an und griff nach dem Nachtfernrohr. »Sie hat recht. Ich werde ihr helfen und mich dann mal umsehen.«

Alexias goß sich erneut einen Becher Kaffee ein und ging dann zum Feuer. Dampf stieg von seiner Schaffelljacke auf. »Ich bin in fünf Minuten bereit wegzufahren. Lassen Sie mir nur noch Zeit, mich ein bißchen zu trocknen.«

Boyd delektierte sich noch immer am Brot und Käse, während Lomax durch die Küche ging und auf die Veranda hinaustrat. Er überquerte den Hof in Richtung der Scheune und blieb vor deren Einfahrt stehen.

Eine alte Öllampe hing von einem Balken herab, der die Hauptstütze des Gebäudes zu sein schien, und in ihrem Licht schirrte Katina Pavlo die Stute an. Eine Diele knarrte unter seinen Füßen, als er auf sie zuging, und sie drehte sich sofort um und griff nach dem Gewehr, das am Ende der Pferdebox lehnte.

Dann war sie sichtlich erleichtert. »Ach, Sie sind's, Captain Lomax.«

»Ihr Onkel hat Ihnen also meinen Namen gesagt.«

Sie nickte. »Sie sind jünger als ich gedacht habe. Viel jünger.«

Er runzelte leicht die Stirn. »Ich verstehe nicht –«

»Selbst auf Kyros haben wir vom ›Werwolf‹ gehört«, erklärte sie. »Und von den Dingen, die Sie auf Kreta getan haben. Im letzten Monat konnten sie in den Cafés von nichts anderem reden als davon, wie Sie den deutschen General auf Rhodos entführt und ihn aus Ägypten hinausgeschmuggelt haben. Selbst den Deutschen fällt es schwer, solches Dinge geheim zu halten.«

»Solche Geschichten werden beim Weitererzählen

immer gewaltig aufgeblasen, vergiß das nicht«, sagte Lomax.

Sie ließ das Zaumzeug über den Kopf der Stute gleiten und schnallte schnell den Riemen fest. »Ihr Griechisch ist sehr gut – zu gut für einen Inselbewohner.«

Er grinste. »Ich habe als Junge fünf Jahre in Athen zugebracht. Mein Vater war dort Beamter an der britischen Botschaft.«

»Ah so.«

Sie traf Anstalten, die Stute aus ihrer Box herauszuführen und Lomax machte ein paar Schritte vorwärts. »Kann ich helfen?«

Sie nickte. »Der Wagen steht dort drüben in der Ecke – wenn Sie ihn herbringen könnten?«

Es war ein leichtes, zweirädriges Ding, und er kippte den Wagen nach vorne, während sie die Stute zwischen die langen, gebogenen Deichseln zurückschob. Er befestigte fachmännisch den Riemen auf der einen Seite, und sie tat das gleiche auf der anderen.

Als sie fertig waren, lächelte sie zu ihm hinüber. »Das müssen Sie früher schon gemacht haben.«

Er nickte. »Mein Großvater war Bauer. Als ich ein Junge war, wollte ich auch nichts anderes werden.«

»Und jetzt?«

Er zuckte die Schultern. »Meine Talente scheinen sich düsteren Angelegenheiten zugewandt zu haben. Ich glaube nicht, daß nach dem Krieg große Nachfrage nach den Fähigkeiten herrschen wird, die ich erworben habe.«

»Aber was jetzt geschieht, zählt nicht«, sagte sie. »Für keinen von uns. Wir haben hier so eine Redensart – ›Zeit ohne Sinn‹. Das ist der Krieg – ein düsterer

Traum, der ohne Bedeutung ist, wenn der Morgen kommt.«

In ihrer Stimme lag eine leidenschaftliche Aufrichtigkeit, und in dem weichen, diffusen Lampenlicht waren Müdigkeit und Schmerz wie von ihrem Gesicht gewischt; sie sah sehr jung aus. Flüchtig hegte er den Wunsch, ihr zu sagen, das Leben sei häufig nicht das, was es sein sollte, sondern das, was es war – aber er brachte es nicht übers Herz.

»Hoffentlich hast du recht«, sagte er lahm.

Sie nickte zuversichtlich. »Wenn es nicht so wäre, so wäre das Leben ein Hohn.«

Er nahm sich die Zeit, eine Zigarette anzuzünden und folgte dann dem Wagen hinaus in den Hof, während sie die Stute führte. Die Nachtluft war warm und von Düften erfüllt, der Himmel wie ein schwarzes Samtkissen von Diamanten übersät.

Sie standen nebeneinander, ihre Schultern berührten sich, und sie seufzte beglückt.

»In einer Nacht wie dieser ist es möglich, selbst den Krieg für ein Weilchen zu vergessen. Oh, es gibt so vieles, was ich Ihnen zeigen könnte, wenn alles anders wäre.«

»Wenn ich nun ein englischer Tourist wäre, der gerade dem Schiff von Athen entstiegen ist«, sagte er leise lachend, »wo würden wir da anfangen?«

»Ganz einfach«, sagte sie. »Beim Grab des Achill. Wir würden es einmal bei Mondlicht besuchen und dann wieder in der Morgendämmerung, wenn noch Nebel auf dem Berg ist. Etwas Schöneres kann Ihnen das Leben nicht mehr zeigen.«

»Wenn du mit dabei bist, kann darüber kein Zweifel bestehen«, sagte er galant, drehte sich um und blickte auf die dunkle Bergspitze, die sich gegen den Nachthimmel abhob.

»Dort oben ist das Kloster St. Antonius, nicht wahr?«

Er hörte, wie sie hastig den Atem einsog, und ihr Körper erstarrte. »Deshalb sind Sie also hier.«

»Ich verstehe nicht?« sagte er.

»Bitte, Captain Lomax. Ich bin kein Dummkopf. Jeder auf der Insel weiß, daß die Deutschen vor drei Monaten einen Teil des Klosters in Beschlag genommen haben, um es als Radarstation zu benutzen.«

Er schüttelte den Kopf. »Nicht als Radarstation, Katina. Es ist etwas sehr viel Wichtigeres.«

»Ich verstehe«, sagte sie. »Und Sie haben vor, es zu zerstören? Aber die Mönche leben noch dort oben.«

»Wenn das nicht so wäre, hätten wir das ganze längst bombardiert«, sagte er. »Das ist ja der Grund, weshalb die Deutschen sie zwingen, dort wohnen zu bleiben. Ein typischer Nazitrick. Sie haben das in größerem Maßstab in Monte Cassino in Italien versucht, aber dort hat es nicht geklappt. Das ganze ist wie vom Erdboden weggeblasen worden.«

»Warum ist dann das gleiche nicht hier geschehen?« fragte sie. »Seit wann spielt das Leben von zwanzig oder dreißig alten Mönchen auf irgendeiner Seite die geringste Rolle in diesem Krieg?«

»Weil keine Notwendigkeit dazu besteht«, sagte er, überrascht über die Bitterkeit in ihrer Stimme. »Weil meine Methode einfacher und billiger ist – und wenn wir ein bißchen Glück haben, passiert überhaupt niemandem etwas.«

»Außer möglicherweise Ihnen. Das haben Sie vergessen.«

Er grinste. »Etwas, das ich schon seit langem zu vergessen gelernt habe. Es zahlt sich nicht aus.«

Sie wollte etwas erwidern, aber er hörte in einiger Entfernung einen schwachen Laut und legte eine Hand auf ihren Arm. »Moment...«

Sie wartete, und als das Geräusch lauter wurde, sagte Katina: »Das ist die Patrouille.«

»Wie viele sind es?« fragte er.

»Im allgemeinen zwei, aber manchmal nur einer. Sie fahren mit einem Motorrad mit Beiwagen über die Klippenwege.«

Er hob das Nachtfernrohr, und während er es einstellte, wurde das Motorengeräusch immer lauter. Das Motorrad erschien am Rand des Tales und blieb stehen.

Der Beiwagen war leer, aber er konnte deutlich den Fahrer mit dem Stahlhelm sehen. Er wirkte seltsam anonym mit seiner Schutzbrille, als er ins Tal hinabspähte. Gleich darauf heulte der Motor wieder auf, und die Maschine kam den Fahrweg herab und hinterließ eine große Staubwolke.

»Kommen sie für gewöhnlich zum Hof?« fragte Lomax.

Sie schüttelte den Kopf. »Manchmal halten sie an und bitten um Kaffee, aber nicht sehr oft.«

Er nahm ihren Arm und sie drehten sich um und rannten zum Haus hinüber. Alexias und Boyd empfingen sie an der Küchentür, der Grieche hielt seine Maschinenpistole in den Händen.

»Gibt es Ärger?« fragte er.

Lomax nickte. »Deutsche Patrouille. Ein Mann auf einem Motorrad.«

Joe Boyd zog eine Pistole aus dem weichen Lederholster unterhalb seiner linken Achselhöhle unter seinem Hemd. Es war eine Mauser Automatic mit einem unförmigen Schalldämpfer – eine Waffe, die von der deutschen Spionageabwehr häufig benutzt wurde. Es handelte sich um ein Souvenir von einem früheren Abenteuer auf Kreta.

»Seien Sie nicht albern«, sagte Lomax. »Wenn wir ihn umbringen, stellen sie die ganze Insel auf den Kopf. Es würde alles ruinieren.«

»Captain Lomax hat recht«, sagte Katina. »Ihr müßt eure Sachen einsammeln und auf den Dachboden gehen. Wenn er kommt, werde ich ihm sagen, ich wollte gerade wegfahren.«

Zu einer Diskussion war keine Zeit mehr. Sie gingen ins Wohnzimmer, und Boyd kletterte die Leiter hinauf und öffnete die Falltür zum Dachboden. Lomax und Alexias reichten ihm schnell die Tornister und die übrige Ausrüstung hinauf, und Katina verstaute die Reste des Abendessens und das schmutzige Geschirr in einem Eckschrank.

Sie löschte die Lampe, ging durch die Küche und drehte sich an der Tür noch einmal um, um sich zu überzeugen, daß sie fertig waren, als das Motorrad draußen im Hof einfuhr. Lomax nickte kurz und stieg zu Boyd und Alexias hinauf in die dunkle Wärme.

Boyd senkte die Falltür, ließ jedoch einen Spalt offen, durch den er ein Holzscheit schob. Auf diese Weise konnte man ein wenig von dem Raum unten sehen – eine Ecke des Kamins, den größten Teil des Tisches und einen Stuhl daneben, aber nicht die Tür.

Sie warteten, und Lomax dachte an Katina, entsann sich ihres Gesichts, wie er es zuletzt gesehen hatte, sehr bleich, aber merkwürdig ruhig, und dann hörte er

Stimmen, und die Tür öffnete sich. Gleich darauf kam der Deutsche in Sicht.

Er war fast so groß wie Alexias, und die knielange schwarze Lederjacke, die seine graue Uniform verhüllte, war mit weißem Staub bedeckt. Er nahm seinen Helm ab und zog die Handschuhe aus, ließ sie auf den Tisch fallen und holte eine Zigarette heraus. Ohne Helm wirkte er jünger; er fuhr sich mit der Hand über das kurze blonde Haar und sagte in schlechtem Griechisch etwas zu Katina.

Lomax konnte nicht hören, was er von sich gab, aber gleich darauf beugte sich Alexias zu ihm hinüber und flüsterte: »Sie macht Kaffee. Ich kann es riechen.«

Der Deutsche stand auf und verschwand aus der Sicht der drei, vermutlich lehnte er am Türrahmen vor der Küche. Bald darauf kehrte er zum Tisch zurück und setzte sich, Katina tauchte auf, ein Tablett in der Hand.

Als sie nach der Kaffeekanne griff, packte der Deutsche sie am Handgelenk und zog sie zu sich her. Sie versuchte, sich loszureißen, ohne auch nur einen Laut von sich zu geben, aber er war zu stark für sie. Er lachte einmal auf, und Lomax schloß die Augen und wischte sich den Schweiß von der Stirn.

Als er wieder hinabspähte, lag Katina halb über dem Tisch, der Deutsche über ihr, seine Hände betasteten den jungen Körper.

Ihr Gesicht war gelblich weiß, sie schien geradewegs in Lomax' Augen zu sehen. Er spürte, wie seine Kehle trocken wurde und ballte die rechte Hand. Dann schrie sie auf.

Bevor er sich rühren konnte, knurrte Alexias wie ein Tier, riß die Falltür mit einem Ruck hoch und taumelte durch die Öffnung. Sein rechter Fuß verfing sich zwischen zwei Sprossen, er verlor das Gleichgewicht und stürzte schwer auf den Boden hinab.

Der Deutsche fuhr erschreckt herum. Einen Augenblick lang starrte er überrascht und entsetzt auf Alexias hinab, dann stieß er Katina von sich.

Lomax ließ sich durch die Öffnung fallen und bewegte sich schnell auf ihn zu. Der Deutsche öffnete hastig die Klappe seines Holsters, aber es war zu spät. Als er seine Pistole zog, packte Lomax sein Handgelenk, schob heftig die Waffe beiseite und stieß dem anderen das Knie zwischen die Beine.

Der Deutsche stöhnte vor Schmerz, sein Kopf fiel nach vorne, und Lomax schlug ihm kräftig mit dem rechten Ellbogen gegen das Kinn, so daß es barst. Der Mann brüllte, sein Kopf schnellte nach hinten, während er gegen den Tisch fiel, und Lomax verpaßte ihm einen Schlag mit der Handkante über den Hals. Der Tisch stürzte mit einem Krach um, und der Deutsche rollte auf den Bauch.

Katina kniete bereits neben ihrem Onkel, und Boyd befand sich auf halbem Weg die Leiter hinab, die Mauser schußbereit in der Hand. Er schob sie in den Holster zurück und half Alexias, sich aufzusetzen.

Das Gesicht des Griechen war vor Schmerz verzerrt, eine Schweißschicht bedeckte seine Stirn. »Heilige Mutter Gottes, ich fürchte, das Bein ist gebrochen«, sagte er.

Lomax kam schnell hinüber, und zu zweit halfen sie ihm auf einen Stuhl. Alexias betastete vorsichtig sein Bein und zuckte plötzlich zusammen. »Es stimmt. Da ist ein Bruch direkt unter dem Knie. Was für eine verdammte Schweinerei.«

Katina war den Tränen nahe. »Es tut mir leid«, sagte

sie. »Ich habe mein Bestes getan, aber er wollte nicht gehen. Er beharrte darauf, daß ich ihm Kaffee machen müsse.«

Boyd war neben dem Deutschen niedergekniet und stand nun auf. »Eines ist sicher – er wird nie mehr irgend jemand belästigen.« Er warf Lomax einen Blick zu, sein Gesicht war grimmig. »Sie leisten wohl nie halbe Arbeit, wie? In zwei Stunden werden sie den Kerl auf der ganzen Insel suchen.«

»Dann müssen sie ihn auch finden«, mischte sich Alexias ein.

Lomax wandte sich ihm stirnrunzelnd zu. »Was meinen Sie damit?«

»Gebt mir um Himmels willen eine Zigarette«, sagte der Grieche. »Es ist ganz einfach. Sie patrouillieren entlang dem Klippenrand auf ihren Motorrädern. Und da hat er eben einen scheußlichen Unfall gehabt, das ist alles.«

»Bei Gott, er hat recht«, sagte Boyd. »Das ist ein Ausweg.«

Lomax nickte. »Der einzige – aber er hat auch einen Haken. Sie werden ihn wahrscheinlich nicht vor Tagesanbruch finden. Das bedeutet, daß die Gegend hier für den Rest der Nacht eine ungesunde Umgebung ist. Und in jedem Fall braucht Alexias einen Arzt.« Er wandte sich an den Griechen. »Wie weit ist es bis zu Van Horns Villa?«

»Über den Bergrücken, nicht mehr als eine Stunde, wenn man den Weg kennt.«

Lomax runzelte die Stirn. »Wenn Sie glauben, wir lassen Sie hier, dann sind Sie verrückt. Wenn die Deutschen ausrücken, dann werden sie mit Sicherheit dieses Grundstück durchsuchen.«

»Ich werde nicht hier sein«, sagte Alexias. »Ich werde in der Stadt, im ›Kleinen Schiff‹ sein. Helft mir auf den Wagen, dann bin ich in einer halben Stunde dort.«

»Aber was ist mit mir, Onkel?« fragte Katina.

Er brachte ein Lächeln zustande und tätschelte ihren Arm. »Du mußt die beiden zu Mr. Van Horn bringen, so bald es geht. Mit einigem Glück kann er vielleicht mit dir heute nacht noch ins ›Kleine Schiff‹ kommen.«

»Sie scheinen sich das alles gut zurechtgelegt zu haben«, bemerkte Lomax.

»So wie er es hinstellt, ist es das einzige, was wir tun können«, sagte Boyd.

Lomax nickte. »Dann also – schaffen wir ihn hinaus auf den Karren, bevor wir alles andere machen. Je früher er in der Stadt und von der Straße weg ist, desto besser.«

Er und Boyd stützten den Griechen zwischen sich und gingen hinaus; Katina holte Pferd und Wagen vor die Stufen. Sie halfen ihm hinauf auf den schmalen Sitz, und er legte sein verletztes Bein auf eine der Deichseln.

Boyd ging ins Haus und kam mit einer der Maschinenpistolen zurück. Alexias schob sie unter seinen Sitz und lächelte dann auf die beiden Männer hinab. Seine Zähne blitzten im Dunkel.

»Keine Sorge – alles wird klappen. Ich spüre es in allen Knochen. Am Hauptplan ändert das nichts. Sobald ich alles angeleiert habe, werde ich mich mit Ihnen in Verbindung setzen.«

Er ergriff die Zügel, und der Wagen verschwand in der Dunkelheit. Lomax wandte sich an Boyd. Wir haben nicht viel Zeit. Schaffen wir unseren Freund so schnell wie möglich weg.«

Katina folgte ihnen und blieb auf der Schwelle stehen, um zuzusehen, wie sie die Handschuhe des Deutschen über dessen steifwerdende Finger zogen und seinen Helm aufsetzten. Als sie ihn an ihr vorbeitrugen, wandte sie das Gesicht ab, aber gleich darauf, als sie ihn in den Beiwagen hievten, erschien sie auf der Veranda.

»Wer stürzt ihn hinunter?« fragte Boyd.

»Ich«, sagte Lomax. »Sie packen den Kram zusammen und halten sich bereit, damit wir aufbrechen können, sobald ich zurückgekehrt bin.«

Boyd nickte, rannte die Stufen hinauf und ins Haus, und Lomax wandte sich an Katina. »Leider muß ich dich bitten, mir die nächste geeignete Stelle zu zeigen.«

Sie kam wortlos die Stufen herab. Er setzte sich auf die Maschine und wartete nur, daß sie sich hinter ihn setzte. Dann ließ er den Motor an und legte den Gang ein.

Sie folgten einem deutlich erkennbaren Weg aus dem Tal hinaus, und dann drückte sie seine Schulter und deutete mit dem Finger; er bog in einen Feldweg ein, der die dunkle Erde wie eine weiße Linie in der Nacht durchschnitt.

Der Wind, der in sein Gesicht wehte, trug den guten, frischen Geruch des Meers mit sich, und er schmeckte das Salz auf seinen Lippen. Dann fuhren sie eine kleine Anhöhe hinauf und die dunkle Linie der Klippen lag keine fünfzig Meter unter ihnen.

Er stellte den Motor ab und drehte sich um, als sie abstieg. »Ist das die Stelle?«

Sie nickte. »Die Klippen sind hier gut dreißig Meter hoch. Unten, an ihrem Fuß, gibt es einen alten Landesteg und ein Bootshaus, wo mein Vater vor dem Krieg sein Boot zum Fischen liegen hatte. Jetzt haben die Deutschen uns verboten, es zu benutzen.«

Er zerrte den Toten aus dem Beiwagen und legte ihn auf den Boden. Dann stellte er die Maschine in den Leerlauf und ließ sie auf den Klippenrand zurollen.

Danach hievte er den toten Mann auf den Rücken und ging den Abhang hinab. Einen Augenblick lang blieb er am Rand der Klippen stehen und blickte auf die weiße Linie der Brandung hinunter, die unten gegen die Felsen schäumte. Dann warf er die Leiche hinter dem Motorrad her und kehrte zu dem Mädchen zurück.

Katina stand oben auf der Anhöhe, da wo er sie verlassen hatte, und er merkte, daß sie ihn durch die Dunkelheit hindurch anblickte.

»Es tut mir leid, daß du in diese Sache verwickelt worden bist«, sagte er verlegen. »Wie man es auch ansieht, es ist eine verteufelte Nacht.« Sie blieb ganz ruhig stehen, ohne ein Wort zu sagen, und er trat näher an sie heran. »Ist mit dir alles in Ordnung?«

Und dann begann sie zu weinen, und er legte sanft den Arm um sie und zog sie an sich. Nach einer Weile machten sie sich in der Dunkelheit auf den Weg zurück zum Hof.

7.

Handeln und Leidenschaft

Oliver Van Horns Villa thronte auf dem äußersten Ende eines schmalen Felsvorsprungs, der in das ruhige Wasser einer abgelegenen Bucht jenseits der Landzunge ragte, auf der das Städtchen lag. Es handelte sich um ein zweistöckiges Gebäude mit flachem Dach, von einem großen Garten umgeben, der von einer hohen Mauer umschlossen war.

Sie gingen den Hang hinab, überquerten die weiße, staubige Straße und näherten sich vorsichtig dem Grundstück. Das große, eisenbeschlagene Tor stand offen. Sie gingen hindurch und Katina führte Lomax einen schmalen, mit Platten belegten Weg entlang, der mit Olivenbäumen bestanden war.

Der Garten war ein Meer von Farben, die Nachtluft war schwer vom Duft der Blumen. Palmen erhoben ihre Kronen über die Mauer und nickten sachte in der kühlen Brise. Auf einem kleinen, freien Platz plätscherte ein Springbrunnen in einen Fischteich.

Von irgendwoher aus der Nähe drang Stimmengemurmel zu ihnen herüber, und Katina trat leise noch ein paar Schritte vor und duckte sich dann.

Sie befanden sich am Rand einer halbrunden Zufahrt vor dem Haupteingang des Hauses. Ein deutscher Kommandostabswagen wurde unten vor den Stufen geparkt, und zwei Unteroffiziere in ihren grauen Uniformen und Feldmützen standen daneben und rauchten Zigaretten.

Gleich darauf öffnete sich die Haustür und zwei Männer traten auf die erleuchtete Veranda. Lomax erkannte Van Horn sofort von den vielen Fotos her, die er von ihm gesehen hatte. Mager und drahtig in einem weißen Leinenanzug, das Oberlippenbärtchen säuberlich gestutzt, das Haar vorzeitig graumeliert.

Der andere Mann war ein deutscher Stabsoffizier, ein Infanterieoberst und erstaunlich jung für einen solchen Dienstrang. Er hatte ein intelligentes, lebhaftes Gesicht.

Es war deutlich zu erkennen, daß er hinkte, als er die Treppe hinunterging und in den Wagen stieg. Van Horn blieb auf der Veranda oben stehen. Er hob die Hand, als der Wagen, eine Kiesfontäne versprühend, wegfuhr und kehrte dann ins Haus zurück.

Als die Tür geschlossen war, wandte sich Lomax an Katina. »Wer war der deutsche Offizier?«

»Oberst Steiner. Er hat das Kommando hier.«

»Für meinen Geschmack wirkten die beiden verdammt freundschaftlich«, sagte Boyd.

Sie schüttelte den Kopf. »Mr. Van Horn ist von Steiners gutem Willen abhängig, was seine Medikamentenversorgung betrifft. Deshalb spielt er jede Woche mit ihm Schach.« Sie richtete sich auf. »Ich glaube, es ist besser, wenn wir um das Haus herum zur Rückseite gehen.«

Sie folgten einem anderen Pfad, der um die Ecke führte, und Katina blieb ein paar Meter entfernt vor einer Treppe mit flachen Stufen, die zu einer Terrasse hinaufführte, zwischen ein paar Büschen stehen. Eine Glastür stand oben offen, Vorhänge bewegten sich im Nachtwind, Licht ergoß sich ins Dunkel hinaus.

Jemand spielte sehr gut Klavier – es war ein altes Vorkriegsstück von Rodgers und Hart, nostalgisch und sehnsüchtig – wie eine Erinnerung an einen längst vergangenen Sommer.

»Warten Sie hier«, sagte Katina.

Sie überquerte den Rasen, ging die Stufen hinauf und trat durch die geöffnete Glastür. Lomax lehnte sich gegen einen Baum, die Maschinenpistole in der Armbeuge, und wartete.

Das Klavierspiel verstummte. Die Stille, die darauf folgte, schien eine Ewigkeit zu dauern. Lomax konnte hören, wie sich die Wellen unten am Strand an den Steinen brachen. Plötzlich wurde der Vorhang beiseitegezogen, und Van Horn erschien.

Er ging über die Terrasse, beugte sich über die Balustrade und rief leise: »Captain Lomax?«

Lomax trat aus den Büschen, Boyd auf den Fersen, und überquerte den Rasen.

»Mein Lieber, ich bin entzückt, Sie kennenzulernen«, sagte Van Horn so gelassen, als begrüße er einen alten Freund, der zum Abendessen eingeladen wurde. »Gehen wir hinein.«

Der Raum innen war groß und behaglich ausgestattet, die niedrige Decke mit großen Balken versehen. Ein Flügel stand an der einen Wand, in einem großen, gemauerten Kamin brannte ein Holzfeuer.

Von Katina war nichts zu sehen, aber in diesem Augenblick öffnete sich die Tür und sie kam herein, gefolgt von einer alten Frau mit braunem, verrunzelten Gesicht und scharfen schwarzen Augen. Sie trocknete die Hände an der weißen Schürze ab, die sie über dem Kleid trug, und sah die beiden Männer neugierig an.

Van Horn ging durchs Zimmer, die drei unterhielten sich kurz auf griechisch, dann kehrte er zurück.

»Ich habe Maria, meine Haushälterin, gebeten, sie mit einem Zimmer und einer Mahlzeit zu versorgen. Wir werden uns unterhalten, sobald ich zurück bin.«

»Sie fahren in die Stadt?« fragte Lomax.

Van Horn nickte. »Es wird nicht lange dauern. Die Deutschen haben mir natürlich schon vor langer Zeit meinen Wagen weggenommen, aber es ist mir gelungen, zwei Fahrräder aus ihnen herauszuholen – für dringende Krankenbesuche.«

»Ist sonst noch jemand hier?«

»Nur Maria. Sie ist übrigens stumm, aber sie kann alles verstehen, was Sie sagen.« Er wandte sich an Katina. »Wir gehen jetzt besser, meine Liebe.«

Sie war sehr blaß, und die Erschöpfung war ihrem Gesicht deutlich anzusehen, aber sie blickte zu Lomax auf und brachte ein schwaches Lächeln zustande. »Wir werden uns wahrscheinlich morgen früh sehen.«

»Nur wenn du mindestens zwölf Stunden Schlaf gehabt hast«, sagte er.

»Keine Angst, ich werde schon dafür sorgen.« Van Horn legte einen Arm um ihre Schultern, und sie verließen den Raum.

Später, nachdem Maria sie in den oberen Stock und in das gemütliche Zimmer am Ende des Korridors mit den beiden Betten gebracht hatte, blieb Lomax dort am Fenster stehen, blickte auf die See hinaus und spürte, wie die Müdigkeit ihn durchflutete.

Boyd hatte den Oberkörper entblößt und wusch sich Kopf und Schultern mit kaltem Wasser. Lomax folgte schließlich seinem Beispiel. Hinterher fühlte er sich besser, sie stiegen die Treppe hinab und gingen in Richtung des Kaffeeduftes, bis sie in der Küche ankamen, wo die alte Frau eine aus gebackenem Fisch und Eiern bestehende Mahlzeit für sie angerichtet hatte.

Später nahmen sie ihren Kaffee und kehrten ins Wohnzimmer zurück, wo sie vor dem Feuer die Beine ausstreckten und rauchten.

»Ich glaube, hier kann ich's zur Not aushalten«, sagte Boyd. »Noch eine Zigarette und dann geht's ab in die Heia. Wie steht's mit Ihnen?«

»Ich werde noch auf Van Horn warten«, erwiderte Lomax. »Wahrscheinlich wird er eine Nachricht von Alexias wegen morgen bringen.«

Boyd stand auf und ging zu den Bücherregalen hinüber, welche die eine Seite des Zimmers einnahmen. Er betrachtete ein oder zwei Bücher und lachte dann leise. »Alle vom großen Mann persönlich, in grünes Leder gebunden und mit seinen eigenen Schriftzügen in Gold.«

»Bringen Sie mir mal eines«, sagte Lomax.

Boyd brachte gleich ein halbes Dutzend und legte sie auf den Boden neben dem Stuhl. Er selbst behielt ein schmales Bändchen in Taschenbuchgröße von derselben Ausgabe in der Hand, und auf seinem Gesicht lag ein Ausdruck echten Interesses.

»Das hier heißt ›Der Überlebende‹. Es scheint sich hauptsächlich um Gedichte über den Krieg zu handeln.«

Lomax nickte. »Er war im letzten Krieg im Schützengraben.«

»Ich glaube, das nehme ich mit hinauf ins Bett«, sagte Boyd. »Ich möchte herausfinden, ob er weiß, wovon er redet. Bis später.«

Als er verschwunden war, hob Lomax auf gut Glück einen Roman auf und blätterte ihn durch. Es war einer, den er früher schon gelesen hatte, aber wie immer war er fasziniert durch das Erzählertalent des Autors. Eine Stunde mußte verstrichen sein, als der Vorhang beiseite geschoben wurde und Van Horn durch die Glastür hereintrat.

Er trug eine alte Gladstone-Tasche – das Leder war abgestoßen und teilweise durchgescheuert – und ließ sie achtlos auf den Diwan fallen.

»Ah, hier sind sie ja. Was ist aus Ihrem Sergeanten geworden?«

»Er ist mit einem Gedichtband von Ihnen zu Bett

gegangen. Sie haben doch hoffentlich nichts dagegen?«

»Nicht, so lange ich ihn zurückbekomme. Wissen Sie, Lomax, aus irgendeinem merkwürdigen Grund scheinen die meisten Leute zu glauben, Schriftsteller sollten ihre Werke gratis verteilen.« Er seufzte. »Mein Gott, dieser Berg von der Stadt hier herauf hat es in sich. Ich bin auch nicht mehr so jung, wie ich einmal war.« Seine Augen waren müde, das Gesicht faltig vor Erschöpfung. Er ging zu einem Schrank in der einen Ecke, öffnete ihn und nahm eine Flasche und zwei Gläser heraus. »Der letzte Rest Gin.«

»Vergeuden Sie ihn nicht an mich«, sagte Lomax. »Ich bin hier sozusagen nur auf der Durchreise zur Hauptbar bei Shepherd's.«

Van Horn grinste und ließ sich in den Sessel ihm gegenüber fallen. »Unsinn – das hier ist ein spezieller Anlaß. Es geschieht nicht oft, daß ich zivilisierte Gesellschaft habe.«

»Zählt Oberst Steiner nicht?« fragte Lomax.

Van Horn hob die Brauen. »Du lieber Himmel, nein! Das ist eine strikte geschäftliche Angelegenheit. Einmal in der Woche lasse ich mich von ihm beim Schach schlagen, und daraufhin fühlt er sich moralisch verpflichtet, mir alle Medikamente zukommen zu lassen, die ich brauche.«

»Wir sahen ihn in den Wagen steigen, als wir kamen«, sagte Lomax. »Mir kam er überraschend jung vor.«

»Siebenundzwanzig«, sagte Van Horn. »Er ist bei Stalingrad schwer verwundet worden und wurde gerade noch evakuiert, bevor die Einkreisung der Russen perfekt war. Er hat, nebst allen üblichen Auszeichnungen, das Ritterkreuz – und das bekommt man nicht geschenkt, wie Sie wissen.«

»Er scheint ja furchterregend zu sein«, bemerkte Lomax. »Hatten Sie irgendwelche Schwierigkeiten, als Sie in die Stadt fuhren?«

Van Horn schüttelte den Kopf. »Alexias war nur zwanzig Minuten vor uns im ›Kleinen Schiff‹ eingetroffen. Er wurde ins Bett geschafft, und ich habe mir sein Bein angesehen.«

»Ist es schlimm?«

»Nicht gerade eine Bagatelle. Ich habe den Knochen eingerichtet und ihm Sulfonamid gegeben. Wenn er ein, zwei Wochen liegen bleibt, wird er wieder in Ordnung sein. Aber ganz gewiß wird er bei Ihrer Operation keine aktive Rolle spielen können.«

»Haben Sie eine Nachricht von ihm für mich?«

»Nur, daß er hofft, morgen nachmittag mit verschiedenen Leuten sprechen zu können. Katina wird uns wissen lassen, wann.«

»Er bezieht Sie also mit ein?«

»Leider ja.« Er goß sich erneut Gin ein. »Katina hat mir erzählt, Sie seien hier, um etwas wegen der Radarstation zu unternehmen, die sie im Hauptturm des Klosters eingerichtet haben.«

»Es ist kein Radar«, erklärte Lomax. »Es handelt sich um ein kleines Gerät, das elektronisch ein Ziel anpeilt. Alles, was ihre Flugzeuge oder Landungsboote zu tun haben ist, dem Strahl zu folgen, dann kann nichts schief gehen. In letzter Zeit haben sie damit unseren Schiffen großen Schaden zugefügt.«

»Aber ist das denn so wichtig? Ich dachte, die Deutschen verlieren den Krieg ohnehin – vor allem seit der Landung in der Normandie letzten Monat.«

»Es besteht die schwache Chance einer Invasion Kretas in nächster Zukunft, und in diesem Fall würde diese Installation auf Kyros sehr lästig sein. Aber die Ägäis ist jetzt tatsächlich ein Nebenschauplatz, wenn es das ist, was Sie meinen. Ich glaube nicht, daß irgend etwas, das hier geschieht, auch nur ein Jota am letztendlichen Ausgang des Krieges ändert.« Er grinste und nahm einen Schluck von seinem Gin. »Andererseits muß man uns ja irgendwie beschäftigen, nicht wahr?«

»Das finde ich eine sehr interessante Bemerkung«, sagte Van Horn. »Was haben Sie denn vor dem Krieg gemacht?«

»Universität, ein bißchen Journalismus.« Lomax zuckte die Schultern. »Nicht gerade viel.«

»Und dann kam der Krieg und bot die Lösung all Ihrer Probleme.« Van Horn wies mit dem Kopf auf die Ordensbändchen auf Lomax Waffenrock. »Es sieht ganz so aus, als ob Sie seither ziemlich aktiv gewesen wären.«

»Das kann man wohl sagen.«

»Hat es Ihnen Spaß gemacht?«

Lomax grinste zögernd. »Auf meine eigene verrückte Weise ja.«

»Die Bereitschaft zu töten. Sehr wichtig für einen Soldaten.« Van Horn seufzte. »Merkwürdig, wie dasselbe Wort völlig verschiedene Bedeutungen haben kann. Für mich war Krieg Schützengraben. Schmutz und Schlamm, Brutalität und Tod in einem unglaublichen Ausmaß. Eine ganze Generation einfach ausgelöscht. Gelegentlich komme ich mir wie ein Anachronismus vor.«

»Und was bedeutet Krieg für mich?«

»Eine Landung im Schutz der Dunkelheit, nächtliche Aktionen, eine Jagd durch die Berge.« Van Horn zuckte die Schultern. »Von jetzt an in einer Woche werden Sie in der Hauptbar bei Shepherd's sitzen und ein Glas zur Feier eines weiteren Ordens trinken. Ich hege die düstere Vermutung, daß Sie am Tag, an dem der Krieg zu Ende ist, nicht wissen, was Sie mit sich anfangen sollen.«

»Einen kleinen Punkt haben Sie vergessen zu erwähnen«, sagte Lomax. »Alle Geheimdienstoffiziere werden automatisch erschossen, wenn man sie erwischt. Das ist ein direkter Befehl des deutschen Oberkommandos, und er ist jetzt seit zwei Jahren in Kraft. Das trägt ein Element zusätzlichen Risikos bei.«

»So sollte es auch sein«, sagte Van Horn. »Leben ist Handlung und Leidenschaft. Deshalb ist es erforderlich für einen Mann, daß er die Leidenschaft und die Handlungsweisen seiner Zeit teilt, auf die Gefahr hin, dazu verurteilt zu werden, gar nicht gelebt zu haben.« Er lachte plötzlich und lehnte sich in seinen Sessel zurück. »Jetzt war ich schon wieder einmal emotional. Das ist der Schriftsteller in mir, der die Oberhand gewinnt. In jedem Fall hat Oliver Wendell Holmes das schon vor mir gesagt.«

»Ich hege die Hoffnung, selbst eines Tages zu schreiben«, gestand Lomax. »Deshalb war ich so begierig, Sie kennenzulernen.«

»Einen Gesang von Waffen und Männern, wie?« Van Horn stand auf. »Dann sollte für Sie wenigstens etwas aus dem Krieg herausspringen – und wenn's nur ein Buch ist. Rauchen wir noch eine letzte Zigarette auf der Nordterrasse. Sie wird Ihnen gefallen.

Er ging voran durch die Diele und einen kühlen,

weißgetünchten Korridor. Der Raum, den sie dann betraten, war dunkel, aber Lomax konnte erkennen, daß er rund war und Glaswände hatte. Van Horn öffnete eine Schiebetür, und sie traten ins Freie.

Lomax sog scharf den Atem ein. Die Terrasse war von Trägern gestützt und vermittelte spontan den Eindruck, man schwebe in den Weltraum hinaus. Die Dunkelheit war mit dem Duft der Blumen durchtränkt, und die riesige Schale der Nacht tauchte hinab ins Meer, die Sterne glitzerten in die Unendlichkeit hinein.

Rund sechzig Meter tiefer schlugen die Wellen träge mit ihren weißen Schaumkämmen über die Felsbrocken am Fuß der Klippen.

»So etwas habe ich noch nie gesehen«, sagte Lomax atemlos. »In einer Umgebung wie dieser kann ein Mensch wohl kaum anders, als schreiben.«

»Das habe ich früher auch gedacht«, sagte Van Horn. »Und dann kam der Krieg. Später starb der alte Doktor Douplos, und ich erinnerte mich, daß ich in einem Augenblick jugendlicher Verwirrung einmal Medizin studiert hatte. Seither scheine ich zum Schreiben keine Zeit mehr zu haben.«

»Vielleicht, wenn der Krieg vorüber ist.«

»Wer weiß?« Van Horn schüttelte den Kopf. »Wenn ich hier stehe und an die Dummheit der Menschheit denke, dann frage ich mich, ob ich überhaupt je wieder über sie schreiben möchte. In solchen Augenblicken muß ich hineingehen und einen Blick auf meine Sammlung werfen, um mich erneut davon zu überzeugen, daß das Leben noch lebenswert ist.«

»Ihre Sammlung?«

Van Horn nickte. »Ich zeige sie Ihnen, wenn Sie wollen.«

Er ging wieder voran hinein, schloß die Schiebetür und durchquerte den Raum.

Lomax hörte das Knacken eines Schalters, aber auf das, was folgte, war er völlig unvorbereitet. Auf jeder Seite erhellten sich plötzlich Vitrinen, jede mit ihrer eigenen Beleuchtung versehen.

Aber es war ihr Inhalt, der ihn veranlaßte, bewundernd nach Luft zu schnappen. Die Vitrinen enthielten die prachtvollste Sammlung griechischer Keramik, die er je erblickt hatte.

Van Horn trat neben ihn, sein Gesicht hatte im Licht der Vitrine vor ihm etwas Geisterhaftes, so als ob es zu keinem Körper gehöre. »Das alles hier ist über hunderttausend Pfund wert – nach kommerziellen Maßstäben. In Wirklichkeit sind einige der Stücke unbezahlbar.«

In seiner Stimme lag ein Unterton zusätzlicher Wärme.

Lomax ging von Vitrine zu Vitrine und betrachtete voller Interesse ihren Inhalt. Schließlich blieb er vor einer prachtvollen griechischen Weinamphore stehen, die rund einen Meter hoch war – die roten und schwarzen Farben der Bemalung waren auch jetzt, nach zweitausend Jahren, voll von Leben.

»Die kann doch nicht echt – und vollkommen erhalten sein!«

»Sie stammt aus einem Grab unter dem Apollotempel auf Rhodos. Die griechische Regierung hat dort unmittelbar vor dem Krieg Ausgrabungen vornehmen lassen.« Van Horn grinste. »Rechtmäßig gehört sie nach Athen, aber ich habe ein Arrangement mit dem unterbezahlten jungen Regierungsbeamten getroffen, der sie gefunden hat.«

»Das ist eines der schönsten Dinge, die ich je gesehen habe«, sagte Lomax.

»Die Kunstfertigkeit des Menschen, das ist es, was mir noch immer Hoffnung einflößt – obwohl ich niemals begreifen werde, was man mit einem Teil des Zeugs, das sie während der zwanziger und dreißiger Jahre ausgebrütet haben und als Kunst bezeichnen, anfangen soll.«

»Andererseits sind einige von diesen Stücken kaum salonfähig.« Lomax wies auf eine Vitrine mit mehreren frühen kretischen Figurinen, zumeist primitiven Abbildungen der Erdmutter.

»Stimmt.« Van Horn lachte leise.

Er knipste das Licht aus, und sie kehrten durch den Korridor zurück in die Diele. Als sie die Treppe hinaufstiegen, sagte Van Horn: »Ich weiß, wir haben nicht viel Zeit, aber mit einigem Glück werden wir uns morgen früh länger unterhalten können. Vermutlich können Sie ein bißchen Schlaf brauchen.«

Er sagte gute Nacht, und Lomax ging nach hinten in sein eigenes Zimmer und legte sich ins Bett. Während er auf Boyds leisen Atem lauschte, ließ er sich die Ereignisse des Abends durch den Kopf gehen.

Immer wieder kehrten seine Gedanken zu Katina Pavlo zurück, er entsann sich, wie bleich und müde sie ausgesehen hatte, bevor sie weggegangen war. Sein letzter bewußter Gedanke war der an ihr in der Dunkelheit schimmerndes Gesicht – und das Seltsame war, sie lächelte ihm zu.

8.

Das ›Kleine Schiff‹

Es war kurz nach Mittag des nächsten Tages, als Katina mit dem Wagen auf den Hauptplatz von Kyros gefahren kam. Die Hakenkreuzfahne hing in der großen Hitze wie ein schlaffer Lappen am Mast.

Lomax saß neben ihr, den Rücken gegen den Stapel Feuerholz gelehnt, den sie aufgeladen hatten, einen Fuß auf einer Deichsel, den anderen lässig hin und her schwingend.

In der alten Matrosenjacke, den rissigen Stiefeln und der schäbigen Tweedmütze, die sie ihm gebracht hatte, sah er wie ein typischer Bauer von einem der Berghöfe aus.

Katina hatte sich nach Bäuerinnenart ein Tuch um den Kopf gebunden und trug ein verblichenes Kattunkleid ohne Ärmel, wodurch ihre Arme sehr dünn wirkten. Seit sie Van Horns Villa verlassen hatten, hatte sie kaum ein Wort geäußert, aber ihre Augen waren klar, und ihr Gesicht war von einer Frische, die verriet, daß sie gut geschlafen hatte.

Sie hielt die Stute an, als eine Gruppe Soldaten in Feldgrau ihren Weg überquerten, und Lomax betrachtete sie mit professionellem Interesse.

»Alte Männer und Knaben«, sagte er, als sie wieder anfuhren. »Sie haben Griechenland und den Inseln seit Monaten nun ihre besten Truppen entzogen. Das zumindest deutet darauf hin, wer den Krieg gewinnen wird.«

Als sie zum Hafen kamen, beugte er sich vor, um besser sehen zu können. Die hell gestrichenen Boote waren alle auf den Strand hinaufgezogen worden, und Fischer saßen im Schatten der Steinmauer und flickten die Netze.

Ein Landungsboot fuhr aufs Meer hinaus und hinterließ eine weiße Schaumspur. Kleine Wellen breiteten sich von ihm ausgehend im Hafenbecken aus.

Weitere Landungsboote waren am Pier festgemacht, die Mannschaften waren auf Deck beschäftigt, nackt bis zum Gürtel in der heißen Sonne, sie putzten und polierten.

»Liegen immer so viele dieser Boote im Hafen?« erkundigte sich Lomax.

Katina nickte. »Es sind noch einmal so viele, wie Sie hier sehen, auf Patrouille draußen.«

Sie lenkte die Stute in eine enge Seitenstraße und hielt nahe der Ecke, an der sich das ›Kleine Schiff‹ befand. Lomax sprang herab und öffnete das Doppeltor, durch das man in den Hof hinter dem Gebäude gelangte.

Er zog einen kleinen Militärtornister unter dem Feuerholz hervor, sie gingen ins Haus und dort den weißgekalkten Korridor entlang. Er konnte Stimmengemurmel hören, ein Glas klirrte, und jemand begann, eine heitere Melodie auf einer Bouzouki zu spielen. Am Ende des Korridors war ein Perlenvorhang neben einer Treppe, und Katina winkte ihm stehenzubleiben, während sie hindurchging.

Er spähte durch den Vorhang in die Bar. Es war ein kühler, freundlicher Raum mit weißgetünchten Wänden und einer gewölbten Decke wie der eines Weinkellers. Der Raum war gedrängt voll von Fischern. Es schien kein einziger deutscher Soldat da zu sein.

Der Vorhang teilte sich, und Katina kam durch, gefolgt von einer Frau mit rundem, freundlichen Gesicht; sie mochte Ende dreißig sein und hatte hellblaue Augen.

»Das ist Tante Sarah«, sagte Katina. »Die anderen sind schon hier und warten im Zimmer meines Onkels. Mr. Van Horn ist vor zehn Minuten eingetroffen.«

Mrs. Pavlo lächelte und ging ihnen voran die Treppe hinauf.

»Sie scheint das alles mit bemerkenswerter Ruhe hinzunehmen«, flüsterte Lomax.

Katina lächelte. »Sie ist seit zwanzig Jahren mit meinem Onkel verheiratet. Sie sagt, alles kann passieren und tut es für gewöhnlich auch. Sie liebt ihn sehr.«

Mrs. Pavlo öffnete eine Tür oben an der Treppe und trat vor ihnen ein. Das Zimmer war in einen Nebel von Tabakrauch gehüllt. Alexias saß gegen Kissen gestützt in einem großen Bett, die Pfeife im Mund. Es befanden sich noch mehrere andere Leute im Raum, aber der einzige, den Lomax kannte, war Van Horn, der neben dem Bett saß und eine Zigarette in einer silbernen Spitze rauchte.

»Ah, Lomax, mein guter Freund. Wir haben schon auf Sie gewartet.« Alexias grinste. »Das ist er also – der ›Werwolf‹ in Person.«

Plötzliche Stille entstand, als sie sich ihm alle zuwandten, um ihn neugierig zu betrachten. Lomax ging schnell von einem zum anderen, während Alexias sie vorstellte.

Der Gemeindepriester, Vater John Mikali, war den Anstandsregeln zufolge der erste. Ein würdiger alter Mann mit einem weißen Bart, der in seiner schwarzen Robe düster wirkte; es war ihm keinerlei Emotion anzumerken, und Lomax glaubte, eine gewisse Kälte in seinem Verhalten herauszuspüren.

Ein großer, bärtiger Mann namens John Paros kam als nächster. Er sah wie der Kapitän eines Fischdampfers aus und es erwies sich, daß er der örtliche Elektriker war. Neben ihm in der Ecke saß Alexias' Schwager, Nikoli Aleko, klein und drahtig, mit funkelnden blauen Augen. Er half seiner Schwester bei der Leitung des ›Kleinen Schiffes‹.

George Samos und Yanni Demos kamen zuletzt an die Reihe. Beide waren Anfang zwanzig, hatten kräftiges, gelocktes Haar und gebräunte Gesichter, sie hätten Brüder sein können. Sie schüttelten Lomax die Hand, auf ihren Gesichtern lag ein Ausdruck unverhüllter Bewunderung.

»Haben Sie das gebracht, worum ich Sie gebeten habe?« fragte Alexias.

Lomas ließ den kleinen Militärtornister aufs Bettende fallen. »Er enthält alles.«

»Gut, dann können wir ja zur Sache kommen.«

»Einen Augenblick, Alexias«, unterbrach ihn Vater John. »Da gibt es eine Frage, die ich gern an Captain Lomax richten würde, bevor wir weiterreden.«

Eine plötzliche Spannung lag in der Luft, und Lomax hatte das Empfinden, daß es sich um eine Angelegenheit handelte, die schon vor seinem Eintreffen von dem alten Priester mit den anderen diskutiert worden war.

»Es handelt sich um Ihre Mission hier, Captain Lomax«, sagte er. »Wie wichtig ist sie?«

Lomax wußte, daß Van Horn ihn unentwegt beobachtete, aber er zögerte keinen Augenblick. »Sehr wichtig«, sagte er ruhig.

»Aber wie ist das möglich?« erkundigte sich Vater John freundlich. »Die Deutschen verlieren den Krieg, die ganze Welt weiß, daß es nur noch eine Frage der Zeit ist. Kann die Vernichtung einer Radarstation – oder was es sonst sein mag – auf einer winzigen Insel in der Ägäis letzten Endes von solcher Bedeutung sein?«

»Wenn dieser Einwand auf jedem Kriegsschauplatz bis zur letzten Konsequenz Gültigkeit hätte, so könnte das Endresultat tatsächlich anders aussehen«, sagte Lomax nachdrücklich. »Darf ich fragen, wie Sie auf dieses Thema gekommen sind?«

»Als Gemeindepriester bin ich für das Wohlergehen meiner Leute verantwortlich – vor allem anderen«, erwiderte Vater John. »Verzeihen Sie mir, wenn ich etwas Selbstverständliches erwähne, aber wenn Sie Ihren Auftrag erledigt haben, werden Sie von Kyros verschwinden. Wir jedoch müssen hier bleiben und sind dem Zorn der Deutschen ausgesetzt.«

»Das weiß ich, Vater«, sagte Lomax.

»Ist Ihnen auch klar, daß die Deutschen, wenn sie irgend jemand entdecken, der sich eines Akts der Aggression schuldig gemacht hat, auch dessen nächste Familienangehörige verhaften und ins Konzentrationslager Fonchi auf dem Festland schicken? In Katinas Fall hat Oberst Steiner nur eine Ausnahme gemacht, weil Mr. Van Horn und ich persönlich auf Grund ihrer Jugend um Milde für sie gebeten haben. Und nun wird das Kind in etwas unendlich viel Schlimmeres verwikkelt.«

»Sie hätten einmal nach Kreta kommen sollen, Vater«, knurrte Alexias. »Ich habe gesehen, wie nach unseren Erfolgen ganze Dörfer zur Vergeltung ausgerottet wurden. Männer und Frauen hingen von den Olivenbäumen herab wie reife Früchte. Das hat nur den Haß der Leute geschürt.«

»Wir haben es seit drei Jahren mit den Deutschen aufgenommen, Vater«, sagte John Paros ruhig. »Kyros ist eine kleine Insel. Bis jetzt haben wir nicht viel unternehmen können. Das ist wahrscheinlich die einzige Chance für uns, einmal Vergeltung zu üben.«

Katina trat vor und ließ sich neben dem Stuhl des alten Priesters auf ein Knie nieder. »Machen Sie sich keine Sorgen um mich. Mein Vater hat sein Leben gegeben – wie kann ich weniger anbieten?«

Vater John berührte sanft ihren Kopf, dann sah er sich im Zimmer um und nickte. »Dann soll es so sein. Es ist offensichtlich, daß ich in dieser Angelegenheit allein stehe.«

Ein allgemeiner Seufzer der Erleichterung wurde hörbar, und Nikoli reichte Lomax ein Glas Rotwein. »Glück für unser Abenteuer«, sagte er mit einem Grinsen.

Lomax prostete ihm zu, und Alexias sagte: »Also Folgendes: Morgen ist das Fest von St. Antonius. Wie gewöhnlich wird die ganze Insel feiern. Jeder Soldat, der dienstfrei hat, wird in der Stadt sein und sich amüsieren.«

»Wie steht es mit den Mönchen?«

»Für gewöhnlich nehmen die meisten an der Prozession teil. Vater John wird dafür sorgen, daß dieses Jahr alle dabei sind. Sie verlassen das Kloster um drei Uhr nachmittags und würden normalerweise gegen sechs Uhr zurück sein.«

»Wie ist die Situation dort oben?«

»Eine Wache steht am Haupteingang in einem Wachhäuschen. Während des Tages ist das Tor offen, aber es gibt da eine Schranke. Der Turm befindet sich auf der anderen Seite eines winzigen Platzes. Der Wachraum ist im Erdgeschoß.«

»Wie steht es mit den Kommunikationsmöglichkeiten zur Stadt?«

»Es gibt ein Telefon, aber Paros hier wird rechtzeitig die Drähte durchschneiden. Er weiß, wie er das tun muß. Er hat für sie gearbeitet. Es gibt aber auch ein Kurzstrecken-Funkgerät im Geräteraum des Turms. Dagegen können wir nichts tun.«

»Wie viele Mann haben Dienst?«

»Drei im Wachraum, vier im Geräteraum selbst. Der liegt übrigens im fünften Stock oben. Er kann nur durch eine steinerne Wendeltreppe erreicht werden.«

»Das klingt ziemlich unkompliziert«, sagte Lomax. »Wie kommen wir hinein?«

»Mit Hilfe von George und Yanni.« Alexias nickte zu den beiden jungen Männern hinüber. »Sie haben eine Schäferhütte in der Nähe des Berggipfels. Katina wird Sie irgendwann heute nacht dort hinaufbringen.«

»Und was geschieht dann?«

»Jeden Nachmittag um drei Uhr dreißig fährt ein Proviantlastwagen von der Stadt zum Kloster hinauf. Sie wissen, wie methodisch die Deutschen sind. George und Yanni werden mit ihren Schafen ein paar Minuten lang die Straße blockieren. Es liegt dann an Ihnen, sich mit dem Fahrer zu beschäftigen.«

»Und dann fahren wir den Lastwagen direkt ins Kloster?«

Alexias nickte. »George und Yanni haben sich bereiterklärt, mit Ihnen hineinzugehen. Sie können sich hinten im Wagen verstecken. Sie oder Boyd können die Uniform des Fahrers anziehen.«

»Dann müßten wir gegen drei Uhr fünfundvierzig im Kloster sein«, sagte Lomax. »Wie lange werden die Deutschen brauchen, um von der Stadt heraufzukommen, nachdem sie die Explosion gehört haben?«

»Ziemlich lange, denn sie werden zu Fuß sein.« Alexias grinste. »Sie haben doch eine Brücke über eine tiefe Schlucht gleich vor der Stadt überquert, als Sie von Mr. Van Horns Villa kamen? Heute nacht wird Nikoli den Sprengstoff benutzen, den Sie hier mitgebracht haben, um eine Mine zu legen. Sobald er die Explosion im Kloster oben hört, wird er die Brücke sprengen.«

»Und damit ist die einzige Straße auf dieser Seite des Bergs abgeschnitten«, sagte Lomax. »Die Deutschen können also ihre Fahrzeuge nicht benutzen.«

»Ich dachte mir schon, daß Ihnen der Plan gefällt.« Alexias streckte seiner Frau das Glas hin, damit sie es ihm neu füllte. »Verglichen mit einigen der Dinge, die wir auf Kreta gedreht haben, wird das hier einfach sein.«

»Abgesehen von der Tatsache, daß das Boot, das uns wegbringt, nicht vor neun Uhr in der Bucht sein wird«, sagte Lomax. »Damit sind wir rund fünf Stunden auf der Flucht, während Steiner auf der ganzen Insel das Oberste zuunterst kehrt.«

»Als wir den General auf Rhodos entführt haben, sind die Deutschen vier Tage lang auf der Insel hinter uns hergejagt und haben uns nicht erwischt«, erinnerte ihn Alexias.

»Auf Rhodos hatten wir viel Spielraum«, erwiderte Lomax. »Trotzdem, wir werden ja sehen, wie die Sache läuft.«

»Im großen ganzen sind Sie also mit dem Plan einverstanden?«

Lomax ging zum Fenster und blickte auf den Hafen hinaus. Seine Stirn war leicht gerunzelt. Nach ein paar Sekunden drehte er sich um.

»Bis auf eines. George und Yanni gehen nicht mit uns hinein. Sie verschwinden, sobald sie den Lastwagen aufgehalten haben.«

Alexias runzelte verwirrt die Stirn. »Ich verstehe nicht.«

»Es ist ganz einfach. Boyd und ich können allein mit allem fertigwerden, sobald wir einmal den Wagen haben. In jedem Fall werden wir Uniform tragen. Keine bäuerliche Verkleidung diesmal.«

»Sie sind wohl verrückt«, sagte Alexias ungläubig.

»Ich bin geneigt, Ihnen recht zu geben.« Lomax schenkte sich noch einmal Wein ein. »Aber damit bleibt eine schwache Chance, daß Steiner glaubt, wir hätten das ganze ohne die Hilfe irgendwelcher Einheimischer bewerkstelligt.« Er wandte sich an den Priester. »Das ist das Beste, was ich tun kann, Vater.«

»Ich bin Ihnen dankbar, Captain Lomax«, sagte Vater John. »Sie sind ein tapferer Mann.«

»Oder ein Dummkopf«, sagte Van Horn.

»Darauf prost«, sagte Lomax.

Er wandte sich halb um, hob sein Glas und fühlte sich plötzlich merkwürdig unbekümmert; er merkte, daß Katina ihn anschaute, ihre Augen glänzten. Zum erstenmal, seit sie sich kannten, war Farbe in ihren Wangen.

9.

Tempel der Nacht

Es war eine ruhige Nacht, der einzige Laut, der zu hören war, war das Bellen eines Hundes in einem der Höfe unten am Hang. Der Nachthimmel war von unbeschreiblicher Schönheit, Sterne erstreckten sich bis zum Horizont, dorthin wo sich der Berg beunruhigend vor ihnen erhob.

Lomax sah sich alle paar Minuten um und dachte, warum nicht alles so einfach und unkompliziert sein konnte wie eine Sommernacht. Man brauchte nur stehen zu bleiben und sie zu betrachten; es kostete einen nichts weiter als ein bißchen Zeit – und es gab einem so viel.

Katina drehte sich um und wartete auf ihn. Er ging weiter, und nach ein paar Minuten gelangten sie über eine Felskante, und die Ruinen des Tempels lagen vor ihnen mitten auf dem Plateau, kahl und vom Wind umweht, bröcklig vor Alter.

Die gelbe Sichel des zunehmenden Mondes hüllte die Szenerie in einen schwachen Glanz, und die dunklen Schatten der halb zerbrochenen Säulen fielen wie Eisenstäbe über den Mosaikboden.

»Dort drüben ist es«, sagte Katina.

Er folgte ihr, seine Stiefel klirrten gegen loses Geröll; sie blieben vor einem großen, quadratischen Grab aus Marmor stehen. Es war ungefähr zwei Meter hoch, und an der Vorder- und Hinterseite war ein halb zerstörter Fries erkennbar.

»Das ist also das Grab des Achill«, sagte Lomax.

»Das sagt man.« Sie drehte sich um und blickte ins

Tal hinab und auf das Meer dahinter. »Es ist kaum vorstellbar, daß in einer Nacht, für die man Gott danken sollte, die Menschen nur damit beschäftigt sind, Tod und Gewalt zu planen.«

Er ließ sich auf ein Knie nieder und wölbte die Hände, um sich eine Zigarette anzuzünden. Als er aufsah, war sie zum anderen Rand des Plateaus gegangen.

Sie drehte sich um, um zu ihm zurückzukehren, und einen Augenblick lang rührte ihn die Furcht an. Der Mond stand direkt hinter ihr, und der Umriß ihrer Gestalt wirkte verschwommen. Sie hatte etwas Unwirkliches und Ätherisches an sich – etwas zutiefst Vergängliches, so als ob sie sich gleich verflüchtigen würde. Doch sobald sie sich bewegte, war der Bann gebrochen.

Sie setzte sich auf einen Stein und lehnte den Rücken gegen das Grab, und er kauerte neben ihr nieder. »Du wirst bald gehen müssen, es ist schon Mitternacht vorbei.«

Sie nickte und beugte sich neugierig vor. Sein Hemd war vorne offen, und im Mondlicht war die Münze, die er an einer goldenen Kette trug, deutlich sichtbar.

»Ein Heiligenmedaillon?«

Er schüttelte den Kopf. »Eine alte Bronzemünze mit dem Kopf des Achilles darauf.«

Sie nickte, als ob sie plötzlich begriffe. »Ein Amulett?«

»So etwas Ähnliches. Ich bekam es von einer alten Wahrsagerin in einer Seitengasse in Alexandria, kurz bevor ich meinen ersten Auftrag übernahm. Sie teilte mir mit, ich würde großen Gefahren entgegengehen, aber nie den Mut verlieren, so lange ich die Münze bei mir trüge.«

»Und Sie haben ihr geglaubt?«

Er grinste. »Eigentlich nicht. Wenn ich mich recht erinnere, war selbst Achill verletzbar, als es auf Tod und Leben ging.«

Sie zögerte und sagte dann langsam: »Als Sie gestern nacht in unserem Haus den Soldaten umbrachten, war eine Kälte in Ihnen, die mich geängstigt hat. Mein Onkel Alexias tötet, weil er die Deutschen haßt. Warum töten Sie?«

»Weiß der Himmel, ich hasse sie wirklich nicht.« Er zuckte die Schultern. »Männer wie Boyd und ich haben einfach eine Begabung dafür, so einfach ist das. Wir tun es, weil es sein muß.«

»Ah so.« Weiteres Schweigen, dann sagte sie: »Glauben Sie, daß Sie morgen Erfolg haben werden?«

»Das weiß man nie. Es scheint immer irgend etwas zu passieren, etwas, das nicht geplant war. Ich glaube, das Schwierigste wird sein, am Leben zu bleiben, bis uns das Boot abholt.«

»Was haben Sie vor?«

»Ich bin mir nicht sicher. Wir müssen uns den Gegebenheiten anpassen. Wahrscheinlich werden wir uns auf den Weg zu eurem Hof machen und uns irgendwo in der Nähe der Bucht verstecken, in der wir gelandet sind. Um sieben Uhr dreißig ist es dunkel. Das ist sicherlich gut.«

»Vor zwei Jahren versuchte mein Vater, Tabak anzupflanzen«, sagte sie. »Er grub einen Fermentierraum unter den Ställen aus. Den Eingang bildete eine Falltür in der letzten Pferdebox, und sie ist im allgemeinen mit Stroh bedeckt.«

»Vermutlich würden die Deutschen sie schnell finden, wenn sie das Haus gründlich durchsuchten«, sagte er. »Aber danke für den Vorschlag.« Er stand auf. »Und nun solltest du, glaube ich, gehen.«

Sie stiegen den Hang hinunter bis zu der kleinen Mulde, in der die Schäferhütte stand. George Samos saß gegen einen Felsblock gelehnt da und hielt Wache, ein Gewehr quer über die Knie. Ein großer schwarzer Hund lag zusammengerollt neben ihm.

Er hob grüßend die Hand, und Lomax und Katina gingen zum Rand der Mulde und blickten ins Tal hinab.

Merkwürdig, er spürte fast verzweifelt, daß es Dinge gab, die er sagen wollte, aber sie kamen nicht an die Oberfläche seines Bewußtseins. Und dann wandte sich ihm dieses seltsame, verschwiegene Mädchen zu und lächelte, so als sei es sich seines inneren Aufruhrs bewußt.

»Sie werden morgen erfolgreich sein, Hugh Lomax.«

Ihre Hände berührten sich, dann wandte sie sich ab und machte sich auf den Weg den Hang hinab. Eine kleine Weile sah er ihr nach, dann verschwand sie im Dunkel der Schlucht. Die Hütte hatte ein tiefes Dach und war auf großen Steinquadern erbaut. Boyd kauerte auf einer Decke neben dem Feuer und setzte eine Winchester mit langem Lauf zusammen.

Er blickte auf, als Lomax gebückt durch den niedrigen Eingang kam. »Ist die Kleine fort?« Lomax nickte, und Boyd fuhr fort: »Sie erziehen ihre Kinder auf diesen Inseln wirklich dazu, Mut zu haben.«

Er drehte das Zielfernrohr in die richtige Position, hob das Gewehr an die Schulter, und der Hammer schlug auf eine leere Kammer hinab.

»Wenn wir uns morgen nachmittag auf den Weg machen, können Sie das Ding hier gleich zurücklassen«, sagte Lomax zu ihm. »Im Nahkampf ist es nur im Weg.«

Boyd strich mit der Hand liebevoll über den Kolben. »Vielleicht haben Sie recht, aber es ist trotzdem eine schöne Waffe.«

Er lud das Gewehr sorgfältig, legte es auf die Decke neben sich, knöpfte dann die Tasche seines Waffenrocks auf und nahm einen schmalen, ledergebundenen Band heraus.

Als er ihn öffnete und sich zum Feuer vorbeugte, um mehr Licht zu haben, fragte Lomax neugierig: »Was haben Sie denn da?«

»Van Horns Gedichtband über den Krieg.« Boyd seufzte. »Ich habe für so was eigentlich nie viel übrig gehabt, aber eines muß man ihm lassen – er trifft ins Schwarze.«

»Dann besteht ja noch Hoffnung für Sie«, sagte Lomax und grinste, während Yanni Kaffee in verbeulte Blechbecher goß und sie verteilte.

Später lag er in eine Decke gewickelt in der Ecke, starrte auf die verlöschende Glut des Feuers und fragte sich, was um Himmels willen er eigentlich hier oben auf einem Berg inmitten einer winzigen Insel in der Ägäis zu suchen hatte.

Aber darauf gab es keine Antwort, zumindest keine befriedigende, und so drehte er den Kopf zur Wand und verfiel in einen unruhigen Schlaf.

10.

Feuer auf dem Berg

Als er so in der Spalte zwischen den Felsen lag, die Sonne warm auf seinem Rücken, spürte Lomax – trotz des Geblöks der Schafe, die sich widerwillig über den Hang treiben ließen – das Näherkommen des Lastwagens.

Er stand auf und beugte sich neben Boyd über einen Felsblock, als der Lastwagen im Tal unten um einen Bergvorsprung bog. Gleich darauf verschwand er wieder hinter einer Ansammlung von Felsen.

Lomax trat aus der Spalte heraus und winkte George und Yanni, die sofort damit begannen, ihre Herde den Hang hinabzutreiben, wobei sie die Tiere, welche zurückblieben, mit Steinen bewarfen.

Lomax und Boyd rannten den Berg hinab, wobei sie die Absätze in die zerbröckelnde Erde stemmten, und warfen sich in den Graben. Die Schafe liefen um sie herum und schrien jammervoll, George und Yanni schwangen ihre langen Stäbe und trieben die verwirrten Tiere die steile Böschung hinauf, bis sie die enge Straße völlig blockierten.

Lomax hörte, wie der Lastwagen seine Fahrt verlangsamte. Er nickte Boyd zu, und sie krochen unter einen Felsvorsprung, wo die trockene Erde zu erodieren begann, und dann war der Lastwagen an ihnen vorbei und bremste.

Der Fahrer lehnte sich heraus und schrie ärgerlich George an, der in ein paar Meter Entfernung stand und überzeugend hilflos dreinblickte, während die Schafe um ihn herumliefen.

Der Fahrer lehnte sich weiter heraus und schrie noch lauter. In diesem Augenblick kam Yanni hinten um den Lastwagen herum; er bewegte sich sehr schnell. Sein langer Stab hob sich und schlug dann auf den ungeschützten Nacken des Fahrers mit der Wucht eines Henkerbeils. Der Deutsche gab keinen Laut von sich, und als der junge Schäfer nach oben griff und die Tür öffnete, stürzte der leblose Körper auf den Boden.

Lomax und Boyd kletterten bereits aus dem Graben und rannten auf den Lastwagen zu. Boyd stopfte seine eigene Uniformmütze in eine Tasche seines Tarnanzugs und zog die graue Feldmütze des Fahrers von dessen Kopf. Sie war ihm eine Nummer zu klein, aber als er sie in die Stirn schob, wirkte er zumindest auf einige Entfernung einigermaßen überzeugend.

Er kletterte hinter das Lenkrad, und Lomax wandte sich an Yanni, der auf dem Boden kniete und die Taschen des Toten durchsuchte. »Werft ihn in den Graben und macht, daß ihr wegkommt. Vergeßt nicht, ihr habt nicht viel Zeit.«

George Samos trieb bereits die Schafe von der Straße hinunter, und Boyd fuhr an, während Lomax noch von der anderen Seite her ins Führerhaus kletterte. Gleich darauf waren sie aus der Schafherde heraus, und der Lärm verebbte hinter ihnen, als sie um einen weiteren Bergvorsprung bogen und durch eine tiefe Schlucht fuhren.

Als Lomax eben Boyds Mauser aus einer seiner Taschen nahm und Schalldämpfer und Patronen musterte, waren sie am Ende der Schlucht angelangt, und das Kloster kam in Sicht.

Es thronte eindrucksvoll am Rand eines kleinen Plateaus, das wie ein Sims aus der Bergseite herausragte.

Hinter ihm verhinderte eine fast zweihundert Meter hohe Felswand jeden anderen Zugang.

Lomax duckte sich auf den Boden des Führerhauses, Kopf und Schultern befanden sich hinter Boyds Beinen, die Mauser hielt er schußbereit in der Rechten.

Boyd fuhr verhältnismäßig schnell. Als er im Begriff war, die Fahrt zu verlangsamen, sagte er: »Wir haben Glück. Er läßt die Schranke bereits hochgehen.«

»Trotzdem müssen wir ihn erledigen.«

Boyd nickte. »Stimmt. Also los.«

Er bremste, hielt, ließ jedoch den Motor laufen und öffnete die Tür. Der Wachtposten rief etwas, das Lomax nicht verstehen konnte, und kam zur Tür herüber.

Er war ein sehr kleiner Mann in den Vierzigern mit einer häßlichen Militärstahlbrille. Sein Gewehr hatte er achtlos mit dem Riemen über die eine Schulter geschlungen, und er lächelte.

Lomax ließ ihm keine Chance. Er packte ihn vorne am Waffenrock, zog ihn zu sich her und schoß ihn zwischen die Augen. Dann kroch er zurück, zerrte den Toten ins Führerhaus hinauf, Boyd knallte die Tür zu und fuhr den Lastwagen durchs Tor.

Das leicht alberne Lächeln lag noch immer wie festgefroren auf dem Gesicht des toten Mannes, aber Blut quoll ihm aus Nase und Mund. Lomax schob ihn auf die eine Seite, als Boyd mit dem Lastwagen einen Halbkreis beschrieb und scharf vor dem Eingang zum Turm bremste und hielt.

Lomax öffnete die Tür, sprang auf die Stufen hinab und ging schnell ins Innere, die Maschinenpistole schußbereit. Innen war es kühl, dunkel und sehr still. Die ersten Stufen der Wendeltreppe befanden sich in nächster Nähe des Eingangs, die Tür zur Wachstube war gleich daneben. Wenn innen jemand lachte, klang das weit entfernt und irgendwie unwirklich.

Lomax schlich auf die Tür zu, Boyd war dicht neben ihm. Er wischte sich mit dem Handrücken den Schweiß von der Stirn und nickte. Boyd öffnete leise die Tür, und sie traten ein.

Zwei der Wachtposten saßen in Hemdsärmeln an einem Tisch und spielten Karten, während der dritte auf einem der schmalen eisernen Feldbetten lag und in einer Zeitschrift las. Einer der Spieler fluchte und warf die Karten hin. Der andere begann zu lachen, seine Hand streckte sich nach dem Geld aus, das mitten auf dem Tisch lag, und dann sah er Lomax und Boyd.

»Aufstehen«, sagte Lomax auf deutsch. »Tut, was man euch sagt, dann bleibt ihr am Leben.«

Die drei standen langsam auf, die Hände im Nacken verschränkt. Die beiden Kartenspieler waren kaum über das Jungenalter hinaus, aber der Mann, der die Zeitschrift gelesen hatte, war älter, wirkte hart und kalt und hatte Schrapnellnarben auf der einen Gesichtshälfte.

Er starrte sie an, ohne zu blinzeln, und Lomax sagte zu Boyd: »Gut, jetzt schnell hinauf. Ich werde mich um die drei hier kümmern.«

Boyd verschwand, und Lomax sagte: »Nehmt eure Gürtel ab und dreht euch um.«

Einer der Jungen begann zu zittern, und der Mann mit dem vernarbten Gesicht sagte: »Keine Sorge, Kleiner. Die kommen nicht weit.«

»Halten Sie den Mund, und tun Sie, was ich gesagt habe«, befahl Lomax. »Wenn wir uns den Lärm hätten leisten können, wären Sie alle tot.«

Auf der Treppe war Gewehrfeuer zu hören. Unwillkürlich blickte Lomax hinüber zur Tür, und der Mann mit dem Narbengesicht stieß mit dem Fuß einen Stuhl auf ihn zu und sprang mit einem Satz zum Gewehrständer an der Wand.

Lomax fuhr herum und feuerte aus der Hüfte; der Mann taumelte gegen die Wand zurück, dann mähte Lomax die beiden Jungen nieder, die noch immer neben dem Tisch standen, verwirrt und unsicher. Einer schrie in seiner Todesqual, seine Absätze trommelten gegen den Boden. Lomax erledigte ihn mit einer weiteren schnellen Salve, drehte sich um und rannte in den Flur hinaus.

Als er unten an der Treppe angelangt war, kam Boyd um die Ecke. Auf seinem Gesicht war Blut, da wo ein Stück Stein seine Wange aufgerissen hatte.

»Ich bin um die Ecke gebogen, und einer von ihnen kam mir entgegen«, sagte er. »Verdammt, er war zu schnell für mich. Er schloß einfach so was wie eine Stahlfalltür, da wo die Treppe am ersten Stock vorbeiführt.«

»Bevor wir uns umsehen, wird jeder Soldat aus der Stadt hier oben sein«, sagte Lomax. »Und Nikoli wird die Brücke nicht sprengen, bevor er die Explosion hier hört. Sie werden die Sprengsätze hier legen müssen.«

Boyd widersprach nicht. Er nahm seinen Tornister ab und öffnete ihn. Der Plastiksprengstoff, den er benutzte, war bereits in Ladungen abgeteilt, und Lomax half ihm schnell, die Zünder anzubringen. Boyd verteilte die Ladungen in Abständen rund um die Wände. Als er begann, die Drähte anzubringen, war in der Ferne der Lärm einer Explosion zu hören.

Die beiden blickten einander kurz an, dann fuhr Boyd

mit ruhigem Gesicht in seiner Arbeit fort. Etwas hatte Nikoli Aleko offenbar bewogen, vorzeitig in Aktion zu treten. Wahrscheinlich hatte ein Fahrzeug versucht, die Brücke zu überqueren, und ihm war klargeworden, daß etwas schiefgegangen sein mußte.

»Reicht es?« fragte Lomax.

Boyd zuckte die Schultern. »Kommt darauf an, wie gut die Fundamente sind. In diesem Klima pflegt der Mörtel in alten Gebäuden ziemlich vergammelt zu sein.«

Er befestigte die Drähte an einem kleinen Zündkasten und nickte. »Lassen Sie den Motor des Wagens an. Sobald ich ihn höre, werde ich das Ding hier auf dreißig Sekunden stellen.«

Lomax rannte hinaus. Der tote Wachtposten lag noch immer zusammengekrümmt auf dem Boden des Führerhauses, Fliegen krochen über sein Gesicht. Lomax zerrte ihn hinaus und kletterte hinter das Lenkrad. Der Motor brüllte auf, und als er eben den ersten Gang einlegte, kam Boyd herausgerannt und schwang sich neben ihm ins Führerhaus.

Lomax wendete so scharf, daß sich die Räder an der einen Seite abhoben. Als sie die Fahrt durch den Hof beschleunigten, wurde aus einem der oberen Stockwerke auf sie gefeuert, die Geschosse wirbelten fast zehn Meter links von ihnen kleine Staubfontänen auf, dann waren sie durchs Tor.

Als die Explosion erfolgte, war sie gewaltig, und im Rückspiegel konnte Lomax einen riesigen Rauchpilz über den Mauern aufsteigen sehen, aus deren Zentrum der Turm herausragte.

Ein paar Sekunden lang blieb er fest und aufrecht stehen, dann schien er zur Seite zu schwenken. Langsam begann er zusammenzustürzen, dann immer schneller, bis er in Staub und Rauch verschwand.

Boyd hatte sich aus dem Fenster gelehnt, jetzt wandte er sich mit einem Grinsen Lomax zu und wischte sich mit dem Handrücken Blut vom Gesicht. »Ich muß offen zugeben, eine kleine Weile lang habe ich ziemliche Sorgen gehabt.«

»Ich habe sie noch immer«, sagte Lomax. »Je früher wir auf der anderen Seite des Berges sind, desto wohler werde ich mich fühlen.«

In einer Staubwolke preschte er durch die Schlucht hinab und bremste scharf, als sie auf offenes Gebiet kamen. Ein deutscher Mannschaftswagen hatte in ungefähr zweihundert Meter Entfernung soeben den einen Bergvorsprung umrundet und fuhr auf sie zu.

Es war nur eine Frage von Sekunden, in denen sie noch etwas unternehmen konnten. Er gab Boyd einen Schubs in Richtung der Beifahrertür. »Raus!« schrie er.

Widerspruchslos sprang Boyd hinaus, und Lomax gab heftig Gas, so daß der Wagen förmlich vorwärts jagte. Gleich darauf öffnete er die Tür und sprang selbst hinab.

Die Deutschen schienen der Gefahr erst im letzten Augenblick gewahr zu werden, und dann riß der Fahrer des Transporters das Lenkrad so heftig herum, daß das Fahrzeug in den Graben kippte, während der leere Lastwagen an ihm vorüberrollte. Fünfzig Meter weiter vorne fuhr er über den Straßenrand hinaus und verschwand, während ein zweiter Mannschaftswagen um den Bergvorsprung bog.

Als Lomax aus dem Graben kletterte und die Straße überqueren wollte, kam ein Dutzend Soldaten auf ihn zugerannt. Er ließ sich auf ein Knie nieder und gab eine lange Salve aus der Maschinenpistole ab, die die Männer veranlaßte, in Deckung zu gehen. Dann ging er über die Straße und begann den Abhang hinaufzuklettern.

Hinter ihm schwärmten die Gestalten in den grauen Uniformen aus, während er in Diagonalen seinen Weg fortsetzte und sich möglichst im Schutz der Felsbrocken hielt. Einmal machte er eine Pause, und eine Kugel ließ in unbehaglicher Nähe Erde aufsprühen. Er duckte sich und hastete weiter.

Sie waren jetzt nahe, sehr nahe. Er rutschte aus, verlor den Halt und glitt ein Stück weit den steilen Abhang hinunter. Hinter sich hörte er einen Triumphschrei, dem unmittelbar eine Explosion folgte. Als das Echo verhallt war, hörte er nicht mehr den Lärm der Verfolger, sondern das Schreien von Verwundeten und Sterbenden.

Als Lomax wieder Fuß gefaßt hatte, tauchte Boyd ein kleines Stück weiter oben am Hang hinter einem Felsen auf. Sein Arm holte aus, und eine Granate flog im Bogen durch die Luft. Lomax duckte sich instinktiv, als sie explodierte, und kletterte mit verzweifelter Hast die letzten Meter empor zu der kleinen Felsplatte, auf der Boyd stand.

Er drehte sich keuchend um und lehnte sich gegen den Stein. Unter ihnen kletterten die Überlebenden des ersten Trupps noch immer den Hang herauf.

»Nikoli hätte die Brücke noch früher sprengen sollen«, sagte er.

Boyd nickte. »Die Sache fängt an zu stinken.«

Zu ihrer Linken stieg der Berg steil an bis zu der winzigen Mulde, in welcher die Schäferhütte stand, in der sie die Nacht verbracht hatten. Die Männer vom anderen Truppentransporter waren bereits auf halbem Weg den Hang empor, bemüht, den beiden den Rückzug abzuschneiden.

Lomax zögerte nicht. Er trat hinter dem Fels vor und begann den Abhang zu überqueren, Boyd folgte ihm auf den Fersen. Kugeln fuhren wenige Meter unter ihnen in die Erde, und Lomax wußte, daß es nur eine Frage von Sekunden sein würde, bis sie ihr Ziel erreichten.

Den steilen Hang entlangzugehen war schon schwierig genug, aber Boyd blieb stehen und schickte eine Salve nach unten. Die Deutschen bemühten sich noch nicht einmal um Deckung. Sie hielten ihrerseits inne und begannen ernsthaft zu schießen, und dann, ganz plötzlich, wirbelte einer herum und fiel aufs Gesicht, dann ein anderer. Sofort schwärmte die gesamte Gruppe aus und suchte überall Deckung.

Jemand feuerte von der Mulde unmittelbar unterhalb des Bergrückens aus auf die Soldaten, und Lomax schlang den Riemen seiner Maschinenpistole um den Hals und bewegte sich aufwärts, Blut im Mund, seine Hände umklammerten lose Steine.

Er krabbelte über den Rand der Mulde, Boyd folgte ihm. Katina lag hinter einem Felsblock, Boyds Winchester Sportflinte im Anschlag. Sie gab in schneller Folge zwei Schüsse ab, stand dann auf und trat neben ihn.

»Was, zum Teufel, hast du hier zu suchen?« fragte er.

»Ich habe mir Sorgen gemacht«, sagte sie. »Als ich heute früh aufwachte, hatte ich ein schlechtes Gefühl und dachte, ich würde besser kommen und in der Hütte auf Sie warten. Ich fand das Gewehr und Ihre anderen Sachen, und dann ging plötzlich alles auf einmal los.«

Boyd saß da, den Rücken gegen einen Felsblock gelehnt. Er hatte seine Tarnjacke und sein Hemd hochgeschoben und war damit beschäftigt, Verbandsmull aus einer Feldpackung gegen eine häßliche, gezackte Wunde zu drücken.

Lomax kniete sich neben ihn. »Ist es schlimm?«

Boyd zwang sich zu einem Grinsen. »Machen Sie sich um mich keine Sorgen. Ich mache meinen Gürtel um ein Loch weiter.«

Katina spähte über den Rand des Plateaus und zog sich schnell wieder zurück. »Sie sind sehr nahe.«

»Stimmt, wir machen uns besser davon«, sagte Lomax.

Er gab Boyd eine Hand und zog ihn hoch, und sie mühten sich hinauf zum Plateau und dem Grab des Achilles.

Sie überschritten den gegenüberliegenden Rand und blickten den Berg hinab, hinunter zur anderen Inselseite. Boyds Gesicht war schmerzverzerrt, und große Schweißperlen bedeckten seine Stirn. Er wandte sich verzweifelt an Lomax. »Es geht nicht, ich kann mich nicht schnell genug bewegen. Ich halte euch nur auf.«

Lomax ignorierte das und wandte sich an Katina. »Ich werde sie zurückhalten. »Bring ihn so weit wie möglich den Hang hinunter. In zehn Minuten renne ich hier los und versuche sie abzulenken. Bring ihn zum Hof hinab. Nach Einbruch der Dunkelheit treffe ich mich dort mit euch.«

Er nahm ihr die Winchester weg und reichte ihr Boyds Maschinenpistole. Er ließ keinem von beiden Gelegenheit, ihm zu widersprechen, sondern drehte sich um, rannte zurück zum anderen Rand des Plateaus und ließ sich hinter einen Felsbrocken fallen, hinter dem hervor er einen deutlichen Blick auf die Hütte hatte.

Ein Soldat tauchte vorsichtig über dem Rand der Mulde auf. Durch das Zielfernrohr konnte Lomax deutlich den Adler auf dem Waffenrock des Mannes erkennen, als er abdrückte.

Als er flüchtig über seine Schulter zurückblickte, sah er, daß er allein war.

11.

Nichts für ungut, Captain Lomax

Es begann zu regnen, als er vorsichtig den Hang in Richtung des Hofes hinabging. Von der See stieg Nebel auf, geschoben von kalten Windstößen. Lomax' Mund war trocken, und jeder Knochen seines Körpers schien zu schmerzen.

Er blieb im Schutz eines Olivenbaums stehen und spähte ins Tal hinab. Der Hof lag dunkel und still da, fest im Boden verwurzelt. Lomax ging hinunter und duckte sich unter der Einfriedung durch.

Er blieb am Pferdetrog stehen, spritzte sich mit einer Hand Wasser ins Gesicht und spülte den Mund aus. Als er sich aufrichtete, öffnete sich die Scheunentür, und Katina trat heraus.

»Ich war oben auf dem Dachboden, um nach Ihnen auszuschauen«, sagte sie. »Ich dachte schon, Sie würden überhaupt nicht mehr kommen.«

Er spürte sofort, daß etwas nicht in Ordnung war, und trat näher. Er sah sie scharf an. »Wo ist Boyd?«

Sie schwieg einen Augenblick und sagte dann langsam: »In der ersten Box. Ich konnte ihn nicht weiter bringen.«

Etwas in ihrer Stimme verriet ihm, was er vorfinden würde, aber er trat schnell ein und nahm seine Taschenlampe heraus.

Boyd lag auf dem Rücken im Stroh, seine blicklosen Augen wirkten eingesunken, die Hände, ordentlich über der Brust gefaltet, waren bereits kalt und steif.

»Er war noch ganz in Ordnung, als wir die Bergspitze erreichten«, sagte Katina mit tonloser Stimme. »Und dann bekam er eine Blutung. Nie in meinem Leben habe ich so viel Blut gesehen. Ich brauchte fast eine Stunde, um ihn hierherzuschaffen.«

Sie begann zu weinen. Er ließ die Winchester fallen und nahm sie in die Arme. Ihr schmächtiger Körper wurde von Schluchzen geschüttelt, er hielt sie einfach fest und streichelte sanft ihr Haar.

Nach einer Weile schien sie sich gefaßt zu haben und löste sich von ihm. »Es tut mir leid. Ich benehme mich wie ein Kind. Sie sollten jetzt zur Bucht hinunter, Sie haben nicht mehr viel Zeit.«

Er war erschöpft, erschöpfter als irgendwann während der vergangenen vier Jahre, und nichts schien mehr irgendeine Rolle zu spielen. Er zog eine Zigarette heraus, zündete sie an und blies mit einem Seufzer den Rauch aus. Hoch oben am Berghang war plötzlich das helle Gebell eines Jagdhunds zu hören.

Sie griff schnell nach seinem Arm. »Ich dachte, ich hätte sie in einem Wasserlauf ungefähr anderthalb Kilometer von hier abgeschüttelt. Aber ich habe mich offenbar geirrt. Trotzdem, es ist noch Zeit.« Ihre Stimme klang eindringlich.

Er schüttelte den Kopf. »Für dich, Katina, aber nicht

für mich. Ich werde versuchen, sie abzulenken. Im Augenblick, wenn du Schüsse hörst, schleiche dich durch den Olivenhain hinaus und sieh zu, daß du über den Berg zurückkommst. Ich werde dir die Winchester geben. Man kann sie auseinandernehmen, also läßt sie sich leicht verstecken.«

»Ich verlasse Sie nicht«, sagte sie.

Er umfaßte fest ihre Arme. »Vater John hatte recht, was mich betrifft. Kämpfen, davonrennen und es anderen Leuten überlassen, die Konsequenzen zu tragen. Es ist an der Zeit, daß ich selbst einen Teil der Verantwortung übernehme.«

»Aber was für einen Sinn soll das haben?« fragte sie verzweifelt.

»Ich weiß es nicht«, erwiderte er. »Vielleicht wird es den Leuten von Kyros helfen, vielleicht auch nicht. Es lohnt sich aber schon, wenn es nur dir hilft.«

Sie weinte wieder, ihr Kopf lag an seiner Brust. Er hob ihr Kinn an, küßte sie einmal auf den Mund und schob sie dann sachte von sich. Mit einer schnellen Bewegung nahm er die Goldkette von seinem Hals und ließ sie und die Münze in ihre Hand gleiten. »Ich werde das hier nicht mehr brauchen.«

Er richtete Boyd in sitzende Stellung auf, bückte sich und wuchtete ihn über seine Schulter. Der Körper war überraschend leicht, und als er hinaustrat, schlug ihm kalter Regen ins Gesicht und verlieh ihm neue Energie.

Die Hunde waren jetzt sehr nahe, und als er den Hof überquert hatte und den Weg entlangging, kamen sie über ihm über den Rand der Anhöhe.

Er begann ungeschickt zu rennen, und nach einer Weile verließ er den Weg und kletterte über den kahlen

Berghang. Auf einer kleinen Erhöhung blieb er stehen, ließ Boyd vorsichtig auf den Boden nieder und nahm seine Maschinenpistole von der Schulter.

Sie kamen nun durch den Olivenhain, und er gab eine lange Salve ab. Die Hunde heulten erregt, er hörte Rufe, mehrere Schüsse wurden abgegeben.

Er drehte sich um und begann zu rennen, aber aus irgendeinem Grund funktionierten seine Beine nicht richtig, er stolperte und stürzte schwer auf einen großen Stein.

Eine kleine Weile lag er halb betäubt da, dann raffte er sich mühsam auf. Die Deutschen hatten den Bauernhof umgangen und rannten nun den Weg entlang. Die Hunde bellten lauthals.

Lomax hob die Maschinenpistole und drückte ab, das Knattern hallte langgezogen in der Nacht wider, dann war die Waffe leer.

Er warf sie, nutzlos wie sie war, beiseite und wollte anfangen zu rennen, als eine Schmeisser zu schießen begann. Es war, als ob er mehrmals heftig gegen die Beine getreten würde, und er stürzte vorwärts aufs Gesicht.

Alles schien von ihm zurückzuweichen, aber er war noch bei Bewußtsein, als ihn eine Hand an der Schulter packte und umdrehte. Eine Taschenlampe leuchtete ihm ins Gesicht. Er konnte die aufgeregten Stimmen der Soldaten hören und das Knurren der Hunde, die zurückgehalten wurden. Alles zusammen verschmolz zu einem bedeutungslosen Lärm, und er versank in der Dunkelheit.

Langsam wurde aus der Schwärze ein trübes Grau, und er hörte, wie jemand ganz in seiner Nähe sprach. Er öffnete die Augen und sah unmittelbar über seinem

Kopf ein Licht, das ihn wie ein unheilvolles Auge anstarrte.

Er lag auf einem schmalen Operationstisch, und als er sich leicht bewegte, hörte das Reden auf, und schnelle Schritte waren auf einem Fliesenboden zu hören. Der Mann, der sich über ihn beugte, trug einen sauberen weißen Kittel und war offensichtlich Arzt.

»Immer mit der Ruhe«, sagte er. »Es kommt schon wieder alles in Ordnung.«

Ein Pfleger trat neben ihn, ein Tablett in der Hand, und der Arzt füllte eine Spritze und gab Lomax eine weitere Injektion. Als er fertig war, flog eine Tür auf, und Steiner kam herein. Er beugte sich über den Operationstisch.

Auf seinem Gesicht lag die Spur eines Lächelns. »So, so, mein lieber Lomax, Sie sind also noch bei uns?«

Lomax runzelte die Stirn und versuchte sich aufzurichten. »Woher kennen Sie meinen Namen?«

Der Pfleger trat auf einen Fußhebel, so daß das eine Ende des Operationstischs automatisch angehoben wurde. Damit waren sich die beiden von Angesicht zu Angesicht gegenüber.

Steiner lachte. »Ich habe in meinem Büro eine fast drei Zentimeter dicke Akte über Sie liegen. Der Abwehrdienst fügt allmonatlich etwas hinzu. Aber ich hätte nie gedacht, daß wir Sie auf Kyros auftauchen sehen würden. Übrigens haben Sie im Kloster oben exzellente Arbeit geleistet. Ich könnte mir vorstellen, daß das noch zu Ihrem Ordenssegen beiträgt.«

Er nahm eine Zigarette aus einem flachen goldenen Etui, steckte sie in Lomaxs Mund und gab ihm Feuer. »Wie fühlen Sie sich?«

Lomax blickte hinab und sah, daß seine Hose aufgeschnitten worden war. Beide Beine waren dick verbunden. »So, als ob ich eigentlich nicht hier sein sollte.«

»Aber Sie sind es«, sagte Steiner. »Unglücklicherweise. Man erwartet von mir, Sie erschießen zu lassen, dessen sind Sie sich doch wohl bewußt?«

»Ich bin nicht schlecht gelaufen«, sagte Lomax.

»Natürlich könnte ein bißchen Kooperation meine Meinung vielleicht ändern«, fuhr Steiner fort. »Wenn Sie zum Beispiel die Namen der Leute angeben würden, die Ihnen geholfen haben.«

»Ich habe keine Hilfe von Einheimischen gebraucht«, sagte Lomax. »Ich hatte ein halbes Dutzend Männer bei mir.«

»Wie seltsam«, bemerkte Steiner. »Bisher sind wir nur auf Sie und den toten Sergeanten gestoßen, der bei Ihnen lag, als wir Sie aufgelesen haben. Wie erklären Sie sich das?«

»Der Rest meiner Männer muß rechtzeitig zum vereinbarten Treffpunkt gekommen sein.« Lomax blickte auf seine Armbanduhr und versuchte, seiner Stimme einen überzeugenden Anstrich zu geben. »Es war ausgemacht, daß wir um acht Uhr abends auf der anderen Seite der Insel von einem Unterseeboot abgeholt werden sollten.« Er lächelte schwach. »Das Boot ist Ihnen offenbar entgangen, Oberst.«

»Dann ist es also unmöglich für uns, handelseinig zu werden?«

»Es gibt nichts, worüber wir uns handelseinig werden könnten.«

»Irgendwie habe ich mir schon gedacht, daß Sie das sagen würden.« Steiner zog seine Handschuhe an. »Nichts für ungut, Lomax. Ich respektiere einen tapferen Mann, aber ich muß meine Pflicht erfüllen.«

»Ich trage Ihnen nichts nach«, sagte Lomax.

Der Deutsche drückte ihm die Hand und ging hinaus. Lomax lehnte sich weiter ins Kissen zurück. Nichts schien mehr wichtig zu sein, und er begann schläfrig zu werden, als die Injektion ihre Wirkung zeigte. Das Seltsame war, daß Steiner sich über ihn lustig gemacht zu haben schien, und er hatte keine Ahnung, weshalb. Der Pfleger senkte das Kopfende des Operationstischs hinab, Lomax starrte ins Licht empor und versank nach einiger Zeit in Schlaf.

Als er erwachte, lag er auf einer Bahre in einer Ambulanz. Zwei Sanitäter in Felduniform saßen neben ihm, er wandte ihnen matt das Gesicht zu und runzelte die Stirn. »Wo bin ich? Was ist los?«

Einer von ihnen beugte sich über ihn, es war ein ganz junger Bursche mit freundlichem Gesicht, die Augen unter der Feldmütze waren ernst. »Kein Grund zur Beunruhigung. Sie kommen nach Kreta, das ist alles. Ihr Bein muß einer Spezialoperation unterzogen werden.«

Lomax lag in völliger Benommenheit da und versuchte, irgendeinen Sinn in dem ganzen zu finden, aber es war ihm unmöglich, sich zu konzentrieren. Dann hielt der Ambulanzwagen, die Tür wurde geöffnet, und man hob ihn heraus.

Es war früh am Morgen, der Himmel war grau und bedeckt, ein leichter Regen fiel, und ein kalter Wind fuhr über den Hafen weg. Dreißig oder vierzig Leute, zumeist Fischer, standen in kleinen Gruppen auf dem Pier und unterhielten sich. Nur wenige Frauen hielten sich bei ihnen auf. Neugierig traten sie näher, als die beiden Sanitäter die Bahre aufhoben, und Wachposten mußten ihnen einen Weg bahnen.

Es dauerte ein, zwei Minuten, um die Bahre die Gangway zu dem wartenden Landungsboot hinabzuschaffen, und die Sanitäter legten ihn aufs Deck neben dem Ruderhaus nieder. Sie blieben neben ihm stehen, als die Matrosen schnell ablegten.

Als das Wasser am Heck zu schäumen begann und das Boot sich vom Pier entfernte, drängten sich die Leute schweigend vorwärts an den Rand. Lomax starrte hinauf in die Reihe blasser, bedeutungsloser Gesichter, seine Sicht war leicht verschwommen – und dann sprang ihn Katinas Anblick förmlich an.

So war sie also in Sicherheit? Das war wenigstens ein Grund zur Dankbarkeit. Sie trug ein Kopftuch und sah genauso aus wie an jenem ersten Abend, sehr jung, die Augen lagen wie Schatten in dem bleichen Gesicht. Ein Kloß schien ihm im Hals zu stecken, der ihn zu erstikken drohte.

Er lag da auf dem Deck, der kalte Regen fiel ihm ins Gesicht, und als die Insel im Nebel zu verschwinden begann, schoß eine Möwe über seinen Kopf weg und jagte durch den grauen Morgen wie ein entschwindender Geist.

12.

Man sollte niemals zu irgend etwas zurückkehren

Als er erwachte, hielt seine Rechte noch immer fest die Münze umklammert. Er starrte darauf, einen Ausdruck der Verwirrung auf dem Gesicht, sein erster klarer Gedanke war, daß sie gar nicht in seinem Besitz sein sollte – dann fiel ihm wieder alles ein.

Vergangenheit und Gegenwart hatten sich so unentwirrbar miteinander vermischt, daß es schwierig war, irgendwo einen Sinn zu erkennen. Er legte die Münze und die Kette auf das Nachttischchen neben dem Bett, schwang die Beine auf den Boden und blieb sitzen, bemüht, sich wieder zurechtzufinden.

Wer bin ich? dachte er. Der ›Werwolf‹ oder Hugh Lomax, wohnhaft in Kalifornien, Drehbuchautor und so was wie Schriftsteller? Darauf gab es keine Antwort, zumindest keine ausreichende. Er war sich selbst ein Fremder geworden.

Er stand auf und ging zum Waschtisch hinüber.

Ein dumpfer Schmerz war an seiner Seite zu spüren, dort, wo ihn ein Stiefel getroffen hatte, seine rechte Wange hatte eine üble Schramme. Er zog sein Hemd aus und goß sich lauwarmes Wasser über das Gesicht.

Als er sich eben abtrocknen wollte, wurde an die Tür geklopft, und Katina trat ein.

Sie trug dasselbe seidene Kopftuch und cremefarbene Leinenkleid wie zuvor, schloß die Tür hinter sich und lächelte. »Wie fühlen Sie sich?«

Er grinste. »Zu alt für Raufereien mit Männern, die halb so alt sind wie ich.«

Sie öffnete seinen Koffer, nahm ein sauberes Hemd heraus und knöpfte es auf. »Was haben Sie jetzt getan?«

»Ich bin in die Vergangenheit zurückgekehrt«, antwortete er. »Und habe versucht, Sinn in das ganze zu bringen.«

»Ein gefährliches Spiel. Es heißt, man solle niemals zu irgend etwas zurückkehren.«

»Ich beginne zu glauben, daß das auch richtig ist. Ich

bin mir nicht einmal mehr sicher, wer ich überhaupt bin.«

»Sie sind Hugh Lomax«, sagte sie und fügte mit schier unheimlichem Einfühlungsvermögen hinzu: »Der ›Werwolf‹ ist schon vor langer Zeit gestorben.«

»Da bin ich nicht so sicher«, sagte er. »Heute nachmittag hätte er fast einen Menschen umgebracht.«

Darauf wußte sie keine Antwort, und er fuhr fort: »Es ist keine Logik im ganzen, Katina. Nirgendwo eine Antwort. In dieser verrückt gewordenen Welt gibt es nur eines, woran ich mich halten kann – an die Tatsache, daß ich mit Bestimmtheit weiß, diejenigen, die mir damals halfen, nicht verraten zu haben.«

»Ich weiß es, Hugh«, sagte sie. »Ich glaube Ihnen und Oliver ebenfalls. Er möchte Sie sehen. Er meint, er könne Ihnen vielleicht helfen. Wollen Sie mit mir in die Villa hinauskommen?«

»Was habe ich schon zu verlieren?« sagte er. »Außerdem würde ich Van Horn in jedem Fall gern wiedersehen.«

Sie ging zur Tür. »Ich warte unten auf Sie. Ich möchte noch ein Wort mit Anna reden, bevor wir gehen.«

Er verzichtete auf das Rasieren und zog sich schnell vollends an. Als er ein paar Minuten später in das heiße Sonnenlicht auf dem Platz unten hinaustrat, saß Katina hinter dem Lenkrad des Jeep und redete mit Kytros.

Als Lomax sich näherte, drehte sich der Polizeisergeant um und betrachtete ihn kritisch. »Sie scheinen in beträchtlich besserer Verfassung zu sein als Dimitri.«

»Wie geht es ihm?« fragte Lomax.

»Als ich ihn zuletzt sah, mußte einiges in seinem Gesicht genäht werden«, antwortete Kytros. »Aber unterschätzen Sie ihn nicht. Es bedarf mehr als einer Tracht Prügel, um ihn auf den Rücken zu zwingen. Er hat eine eiserne Konstitution, und seine Fähigkeit zu hassen hat etwas Erschreckendes.«

»Soll ich das als Warnung auffassen?«

Kytros nickte ernst. »Bleiben Sie nachts von den Straßen weg, Mr. Lomax. Es gibt Leute hier, die Sie umbringen möchten, und es wäre mir lieber, Sie würden es ihnen nicht allzu leicht machen.«

»Mit Vergnügen.« Lomax stieg neben Katina in den Jeep. »Sonst noch etwas?«

»Die vermutlich einzige erwähnenswerte Erbschaft der deutschen Besatzung ist unser Telefonsystem«, sagte Kytros. »Es wäre nützlich, wenn Sie mich über das, was Sie unternehmen, informieren würden. Wenn ich nicht in meinem Büro bin, wird der Mann in der Vermittlung vermutlich trotzdem Kontakt mit mir aufnehmen können.«

Er trat zurück, und Katina fuhr über den Platz. Als sie in eine der Seitenstraßen einbog, fragte sie: »Werden Sie tun, was er sagt?«

Lomax nickte. »Warum nicht, wenn es ihn glücklich macht?«

Sie konzentrierte sich aufs Fahren, lenkte den Jeep geschickt durch die engen, gewundenen Straßen. Außerhalb der Stadt gab es eine neue Brücke über die Schlucht, das Spinnweb aus Stahl ersetzte das Gemäuer der alten Brücke, aber sonst schien sich nichts verändert zu haben.

Lomax zündete sich eine Zigarette an, wobei er schützend die Hände gegen den Wind wölbte, und drehte sich dann ein wenig zur Seite, um Katina ansehen zu können.

»Wo ist Yanni?« fragte er.

Sie lächelte. »Ich habe ihn in der Küche zurückgelassen, wo er wie ein Wolf alles hinunterschlingt, was man ihm vorsetzt.«

»Bei wem – bei der alten Maria?«

Ihr Lächeln schwand. »Maria ist vor langer Zeit in Fonchi umgekommen. Sie nahmen sie mit, als sie Oliver verhafteten.«

Er stöhnte, als er sich der alten Frau und ihrer Güte erinnerte. Dann kam ihm ein anderer Gedanke, und er fragte: »Was ist aus seiner Tante geworden?«

»Sie versuchte meinen Onkel zu warnen, als sie kamen, um ihn zu holen. Sie haben sie unten auf der Treppe erschossen.«

»Wahrscheinlich noch etwas, wofür er mich verantwortlich macht, wie?« sagte Lomax bitter, aber sie antwortete nicht, und die Fahrt wurde schweigend fortgesetzt.

Als sie den Jeep im Hof vor den Ställen hinter der Villa anhielt, war es dort heiß und ruhig, und nichts hatte sich verändert.

Die Zeit stand still, Vergangenheit und Gegenwart verschmolzen und überzogen alles mit einem Hauch von Unwirklichkeit.

Als er ihr den schmalen Weg zwischen den Olivenbäumen entlang folgte, blieb dieses Empfinden erhalten, und was er vorfand, als sie die Stufen zur Terrasse emporstiegen und dann ins Haus traten, verstärkte das Gefühl des Unwirklichen noch.

Alles war genauso wie vor siebzehn Jahren. Der große gemauerte Kamin, der Flügel, sogar die mit Büchern gefüllten Regale; er blieb stehen und berührte sie sachte mit der Hand.

Er schwankte plötzlich, von einem vagen Schwindelgefühl überwältigt, und Katina fragte besorgt: »Was ist mit Ihnen?«

Er holte tief Luft und nahm sich zusammen. »Kein Grund zur Beunruhigung. Es ist nur so, als ob in einer merkwürdigen Weise die Zeit für mich ohne Bedeutung ist, wenn ich hier in diesem Zimmer stehe. Man muß sich erst daran gewöhnen.«

Sie schien etwas sagen zu wollen, zögerte und wandte sich dann mit leichtem Stirnrunzeln ab. Sie ging ihm voran hinaus in die Diele und dann den kühlen, weißgetünchten Korridor entlang, der zur Nordterrasse führte.

Der runde Glasraum war von diffusem Licht erfüllt, durchsichtige Gardinen waren als Filter gegen die starken Sonnenstrahlen halb zugezogen. Von Van Horn war nichts zu sehen, aber seine prachtvolle Sammlung griechischer Keramik war da; den Mittelpunkt bildete nach wie vor die großartige rotschwarze Amphore, abgesondert von allem übrigen auf ihrem Sockel mitten im Raum.

Lomax blieb stehen, um sie zu bewundern. Dann zog er die Brauen zusammen und trat näher. Die Oberfläche war bedeckt von einem Netzwerk feiner Linien. Seit er sie zuletzt gesehen hatte, war sie offensichtlich in Hunderte von Teilen zerbrochen worden, und jemand hatte sie kunstvoll wieder zusammengesetzt.

Hinter ihm waren Schritte zu hören, und Van Horn sagte: »Wenn es Sie interessiert, es hat mich über ein Jahr gekostet.«

Sein Gesicht schien ein bißchen dünner geworden zu sein, Haar und Oberlippenbart nun schlohweiß; aber die Augen in dem gebräunten Gesicht wirkten sehr blau. Und als Lomax die ihm hingestreckte Hand ergriff, war der Druck überraschend fest.

»Was ist passiert?« fragte er.

»Mit der Amphore?« Van Horn zuckte die Schultern. »Als die Deutschen kamen, um mich festzunehmen, wurden sie ein bißchen grob. Das Erstaunliche ist nur – als ich nach dem Krieg zurückkehrte, fand ich die Stücke in einer Kiste im Keller. In gewisser Weise war es eine gute Sache – sie wieder zusammenzusetzen gab mir während dieses ersten Jahres etwas zu tun. Ich mußte in allem langsamer treten.«

»Nach Fonchi?« fragte Lomax.

Van Horn nickte. »Gehen wir auf die Terrasse hinaus. Es ist sehr angenehm dort, wenn der Abend kommt.«

Katina hatte sich still zurückgezogen, und Lomax folgte ihm nach draußen. Die Aussicht war atemberaubend, die Sonne versank wie ein orangeroter Riesenball im Meer, Kreta und seine Berge schimmerten weit in der Ferne in der flimmernden Hitze.

Lomax stützte sich auf die Balustrade und blickte hinab. Die Klippen fielen gut sechzig Meter tief ab in eine kleine, trichterförmige Bucht. Von dieser Höhe aus konnte er deutlich die vielen Schattierungen von Blau und Grün erkennen, die durch die dunklen Basaltriffe in verschiedener Höhe verursacht wurden. Eine Barkasse lag bewegungslos neben einer Mole, die von dem weißen Strand her hinausgebaut worden war.

Van Horn setzte sich in einen Segeltuchstuhl neben den Tisch, auf dem ein Tablett mit Eiswasser und mehrere Flaschen standen, daneben eine Reiseschreibmaschine.

Lomax hob ein paar Blatt Papier auf, die vom Wind

heruntergeweht worden waren, und legte sie wieder auf den Tisch. »Ich glaube, ich habe seit langem nichts Neues mehr von Ihnen gelesen.«

»Mein Lieber, alles, was ich zu sagen hatte, das habe ich schon vor langer Zeit gesagt.« Van Horn goß Gin in zwei Gläser. »Wissen Sie, die Deutschen gaben uns zu verstehen, daß Sie tot seien. Daß das Boot, mit dem Sie nach Kreta gebracht werden sollten, nie angekommen sei. Was geschah damals wirklich?«

Lomax setzte sich und nahm eine Zigarette heraus. »Wir stießen auf ein griechisches Fischerboot, das dort, wo es war, nicht hätte sein sollen, und der Kapitän entschied sich für Nachforschungen. Zu seinem Pech stellte es sich heraus, daß es sich um einen Wolf im Schafspelz handelte. Es war das Boot des Geheimdienstes, das uns von Kyros abholen sollte, sobald wir unseren Auftrag erledigt hatten.«

»Das Landungsboot wurde also versenkt? Und was wurde hinterher aus Ihnen?«

»Der SBS-Kommandeur schickte mich so schnell wie nur möglich nach Alexandria. Meine Beine waren in ziemlich übler Verfassung, also wurde ich zur Spezialbehandlung sofort nach England gebracht. Erst Anfang 1945 war ich wieder für den aktiven Dienst tauglich. Zu diesem Zeitpunkt entwickelten sich die Dinge in Europa ziemlich schnell, und man kam zu dem Schluß, man könnte mich am besten in Deutschland gebrauchen.«

»Warum auch nicht?« sagte Van Horn. »Schließlich war die Ägäis nie mehr als ein Nebenschauplatz. Man unterzog sich nicht einmal der Mühe, Kreta einzunehmen. Als das Ende kam, ergaben sich die Deutschen einfach – so wie auf allen anderen Inseln.«

»Und eine geplante Invasion Kretas war der Vorwand für die gesamte Kyros-Operation«, sagte Lomax. »Wahrscheinlich halten Sie nachträglich das ganze für eine reine Zeitvergeudung?«

Van Horn sah milde überrascht drein. »Habe ich je vorgegeben, es für etwas anderes zu halten? Alles war ja sehr romantisch damals hier in der Ägäis mit Ihrer nächtlichen Landung und Ihrer legalisierten Räuber-eskapade, aber tun wir doch nicht so, als hätte sie die mindeste Wirkung auf den Ausgang des Krieges gehabt.«

Blinder, völlig unvernünftiger Zorn wallte in Lomax auf. »Ein Jammer, daß Joe Boyd und ein oder zwei andere, die ich anführen könnte, nicht mehr da sind, um Sie das sagen zu hören.«

»Ich könnte Ihnen meinerseits ein paar Namen nennen«, sagte Van Horn gelassen. »Die alte Maria, Alexias' Frau und andere. Unschuldige Personen, die kaum wußten, worum es sich drehte. Fonchi war schon schlimm genug, aber was war mit den Frauen und jungen Mädchen wie Katina, die in die Truppenbordelle in Griechenland geschickt wurden? Das waren die wirklichen Opfer.«

Er sprach weiter, aber Lomax hörte es nicht mehr. Er schloß die Augen und wurde in ein dunkles, lautloses Vakuum eingesogen. Die Qual war fast physisch spürbar, ein harter Klumpen, der sich in seiner Kehle bildete, ihn zu ersticken drohte. Er taumelte zur Balustrade und übergab sich heftig.

Er blieb eine Weile dort, starrte ins Leere, und langsam kehrten die Geräusche in sein Bewußtsein zurück, und er merkte, daß Van Horn neben ihm stand und ihm ein Glas hinhielt.

Während sich sein Inhalt brennend den Weg in seinen Magen hinab bahnte, sagte Van Horn ruhig: »Tut mir leid... Ich dachte, Sie wüßten das.«

»Das einzige, was sie bei ihren Erzählungen ausließ«, flüsterte Lomax.

Van Horn legte freundlich eine Hand auf seine Schulter. Dann kehrte er zu seinem Stuhl zurück, und Lomax zündete sich eine Zigarette an, blieb stehen und starrte weiterhin ins Leere.

Nach einer Weile drehte er sich um und sagte ruhig: »Katina hat mir erzählt, Sie seien der einzige Mensch außer ihr selbst, den sie kenne, der glaubt, daß nicht ich Sie alle an Steiner verraten habe.«

Van Horn goß sich erneut sein Glas ein. »Das stimmt.«

»Darf ich fragen, warum?«

Van Horn zuckte die Schultern. »Sagen wir mal, es scheint mir untypisch.«

»Und Sie finden, das reiche als Grund aus?«

»Ich bin Schriftsteller, vergessen Sie das nicht. Menschen gehören zu meinem Geschäft.«

Lomax ließ sich am Tisch nieder. »Erzählen Sie mir was passierte, nachdem Sie verhaftet wurden.«

»Ein ziemlich übertrieben diensteifriger junger Offizier traf mit einer Gruppe Soldaten ein und durchsuchte das Haus, ohne mir eine Erklärung abzugeben. Das war, als die Amphore in Stücke ging. Hinterher brachten sie mich ins Hauptquartier zu Steiner. Der sagte ganz einfach, er sei darüber informiert, daß ich Sie und Boyd beherbergt hätte. Natürlich erklärte ich ihm, ich wisse nicht, wovon er spräche.«

»Und wann wurde zuerst erwähnt, daß ich ihm die Informationen gegeben hätte?«

»Ich hörte es zuerst einen Monat später von einem der Wachtposten im Stadtgefängnis.«

»Man hat Sie also nicht sofort nach Fonchi geschickt?«

»Ich war zunächst drei Monate hier im Gefängnis. Die meisten von der Insel waren bereits dort, als ich in Fonchi eintraf.«

»Einschließlich Alexias?«

»Der war nie in Fonchi. Sie schickten ihn direkt ins Gestapo-Gefängnis nach Athen. Vermutlich glaubten sie, ihn zu gegebener Zeit doch ausquetschen zu können. Sie wußten, daß er mit dem EOK auf Kreta zusammengearbeitet hatte.«

»Aber warum behielt man Sie hier im Stadtgefängnis, während die anderen nach Fonchi kamen?«

»Das war Steiners Arrangement. Er wußte, daß meine Gesundheit nicht gut war, und der Standortarzt sagte ihm, ich würde in Fonchi keine drei Monate am Leben bleiben. Ich glaube, er versuchte für mich sein Bestes zu tun.«

»Und warum das?« fragte Lomax geradeheraus.

»Er mochte mich. So einfach war das.« Van Horn zuckte die Schultern. »Vergessen Sie nicht, wir spielten jede Woche miteinander Schach. Wenn ich sie brauchte, versorgte er mich mit schwer zu bekommenden Medikamenten, die vielen das Leben retteten. Er war skrupellos, kaltblütig – aber kein schlechter Mensch.«

»Warum dann also dieser Wechsel seiner Ansicht nach drei Monaten?«

»Es war nichts dergleichen. Er verließ eines Morgens mit einem der Landungsboote die Insel, um zu einer Militärkonferenz auf Kreta zu fahren. Genau wie von

Ihnen hörte man danach nie mehr etwas von ihm. Sein Nachfolger ließ mich nach Fonchi schaffen, sobald er das Kommando hier übernommen hatte. Ich war bis zum darauffolgenden Jahr dort, bis sich die Deutschen in Griechenland ergaben.«

»Der Standortarzt hat sich jedenfalls gewaltig geirrt, als er behauptete, Sie würden das keine drei Monate überleben«, bemerkte Lomax.

Die Herausforderung war unverkennbar und lag zwischen ihnen wie ein Schwert. In die Stille hinein sagte Van Horn ruhig: »Es hat den Anschein, als hegten Sie einige Zweifel an dem, was ich erzählt habe. Vielleicht kann ich Sie mit etwas Konkreterem als Worten überzeugen.«

Er stand auf, knöpfte sein cremefarbenes Strandhemd auf, zog es aus und drehte sich um. Von seinen Schultern bis unten zum Steißbein war sein Rücken mit einem Netz von Narben überzogen, lange, erhöhte Striemen, die einander überkreuzten und ein häßliches Spinnweb bildeten, dessen Ursache eindeutig war.

Er zog sein Hemd wieder an. »Nicht sonderlich hübsch, wie? Fünfzig Schläge, weil ich einen Wachtposten geschlagen habe – und das war noch milde, verglichen mit dem, was sie mit einigen anderen Leuten anstellten.«

»Und das haben Sie überlebt?« fragte Lomax langsam.

Van Horn begann sein Hemd zuzuknöpfen. »Ich war ganz unten, Lomax. Am äußersten Punkt der Erniedrigung angelangt. Es ist merkwürdig, aber wenn man so tief unten ist, wird man so voller Haß gegen die Leute, die Sie dahin gebracht haben, daß Ihnen das neue Energien gibt. Ich schwor mir, lebend durch dieses Tor dort zu gelangen. Genau genommen mußten sie mich dann hinaustragen, aber zumindest habe ich noch gelebt.«

Lomax stand auf, ging zur Balustrade und blieb dort stehen. Vor seinem inneren Auge sah er wieder Van Horns vernarbten Rücken vor sich, dachte an diejenigen, die gestorben waren, und an Katina und ihre eigene, geheime Qual.

Nach ein paar Sekunden trat Van Horn neben ihn und sagte leise: »Ich fürchte, Sie müssen anderswo nach Ihrem Verräter suchen.«

»Haben Sie irgendwelche Vorschläge?« fragte Lomax.

Van Horn schüttelte den Kopf und seufzte. »Selbst wenn ich es wüßte, ich bin nicht überzeugt, daß ich es Ihnen sagen würde.«

Eine Weile starrte Lomax in das gutgeschnittene Gesicht und die blauen Augen, die voller Mitleid waren, dann drehte er sich schnell um und kehrte ins Haus zurück.

13.

Zum anderen Ende der Zeit

Er ging die Stufen von der Terrasse hinab und durch den Garten, wobei ihm dessen Frische nach der Hitze des Tages bewußt wurde. Der Himmel war gegen den Horizont hin von einem zornigen Rot, die Zypressen vor der Mauer zeichneten sich wie schwarze Spitzen dagegen ab, aber unmittelbar über ihnen wurde das Karminrot von einem dunkelblauen Gewölbe aufgesogen, in dem der Abendstern bereits funkelte.

Er konnte das Plätschern eines irgendwo zwischen den Büschen verborgenen Springbrunnens hören, und als er durch ein kleines Gartentor ging, stand er plötzlich oben auf den Klippen.

In diesem Augenblick tauchte Yanni auf und prallte fast gegen ihn. Er blickte überrascht auf und grinste dann unverschämt. »Oh, Sie sind's, Mr. Lomax.«

»Und wohin rennst du in solcher Eile?« erkundigte sich Lomax.

»In die Küche.« Der Junge grinste noch breiter. »Katina hat mich gebeten, der Köchin zu sagen, sie solle das Essen anrichten.«

»Ist sie am Strand unten?« fragte Lomax.

Yanni nickte. »Ich habe ihr geholfen, das Boot startbereit zu machen. Sie und Mr. Van Horn fahren am Samstag nach Kreta. Katina sagt, ich dürfe Schiffsbesatzung spielen, wenn ich mich anständig benehmen würde.«

»Dann sieh zu, daß du das fertigbringst.« Lomax zerzauste das Haar des Jungen. Yanni grinste und schoß durch das Tor in Richtung des Hauses davon.

Der Strand konnte über eine Reihe von Steinstufen erreicht werden, die im Zickzack und mehr oder minder aufs geratewohl zwischen den Klippen hinabführten. Lomax war leicht in Schweiß gebadet, als er unten ankam. Er ging die Mole entlang und sah Katina auf halbem Weg um die Bucht herum knietief im Wasser stehen. Den Rock ihres Kleides hielt sie mit einer Hand vorne in die Höhe, ihr Gesicht war dem Sonnenuntergang zugewandt.

Es war irgend etwas Unbezwingbares an ihr, etwas Unvergängliches, dessen Wurzeln tief in diesem alten

Land gründeten, wie sie so dastand und sich die stolzen Rundungen ihres Körpers dunkel gegen den Himmel abhoben und das Meer orangerotes Feuer um ihre Schenkel spülte.

Sie wandte den Kopf und sah ihn. Der Hals wurde ihm trocken. Es war fast wie eine plötzliche Erkenntnis, wie ein Wunder, als ihm klarwurde, daß sie schön war.

Sie lächelte. »Sie und Oliver haben sich nicht lange unterhalten.«

»Warum hast du es mir nicht erzählt, Katina?« fragte er einfach.

Eine ganze Weile starrten sie einander nur an, dann watete sie aus dem Wasser und überquerte den Strand in Richtung einer kleinen Mulde, die von einem hufeisenförmigen Ring von Felsbrocken umgeben war. Ihre Schuhe und ein Handtuch lagen auf einer alten Reisedecke. Sie setzte sich und begann sich die Füße abzutrocknen.

Lomax ließ sich neben ihr nieder und zündete sich eine Zigarette an. Nach einer Weile streckte sie ihm die Hand hin. »Darf ich?«

Er gab ihr die Zigarette, ohne ein Wort zu sagen, und während sie rauchte, herrschte Schweigen.

Nach einiger Zeit seufzte sie und warf die Zigarette weg. »Was soll ich Ihnen denn sagen? Daß mein Leben ruiniert war? Daß jeder Tag eine einzige Qual war?«

»War es nicht so?«

»Es ist alles so lang her, daß es jemand anderem zugestoßen sein könnte«, sagte sie. »Wie dem auch sei, ich hatte Glück. Ich wurde nach zwei Monaten schwanger, und sie schickten mich weg, damit ich für mich selbst sorgte.«

»Und das Kind?«

»Ich hatte eine Fehlgeburt.« Sie zuckte die Schultern. »Es wäre ohnehin nicht am Leben geblieben. Damals ist halb Griechenland verhungert.«

»Es tut mir leid, Katina«, sagte er. »Wie sehr, wirst du dir niemals vorstellen können.«

»Aber es gibt dafür gar keinen Grund.«

»Nein? Erinnerst du dich, was Vater John damals im ›Kleinen Schiff‹ sagte? Daß Männer wie ich es immer anderen Leuten überließen, für unseren Ruhm zu zahlen?«

Sie schüttelte den Kopf und sagte mit Festigkeit: »Nur der Krieg war daran schuld. Ich habe Ihnen einmal gesagt, er sei ein böser Traum, und nichts, was geschähe, ergäbe irgendeinen Sinn.«

»Ein Traum, aus dem manche Leute niemals erwachen können.«

»Sie meinen meinen Onkel?« Sie seufzte. »Ja, leider hat er niemals vergessen können. Er ist zu viel allein und brütet vor sich hin.«

»Allein?«

»Auf dem Hof. Er hat ihn seit dem Krieg von mir gepachtet. Er hat es sich angewöhnt, im Verlauf der Jahre immer häufiger dort draußen zu sein. Das ist nicht gut für ihn.«

»Aber er muß doch sicher eine Haushälterin und Leute anstellen, die im Weinberg für ihn arbeiten.«

»Nur tagsüber. Nachts zieht er es vor, allein zu sein.«

»Was ist mit dem ›Kleinen Schiff‹?«

»Er hat Nikoli schon vor Jahren als Partner aufgenommen. Er und Dimitri Paros leiten es.«

Lomax runzelte die Stirn. »Warum Dimitri?«

Sie zuckte die Schultern. »Mein Onkel hat sich ihm

gegenüber immer verantwortlich gefühlt. Sein Vater gehörte zu denjenigen, die in Fonchi umkamen.«

»Und alle hassen sie mich«, sagte er. »Alle außer dir. Warum, Katina? Warum ist das bei dir anders?«

Sie stand auf und sagte leichthin: »Aber Sie haben mir ja gar keinen Grund gegeben, Sie zu hassen.«

Sie stand da und blickte aufs Meer hinaus, während die Sonne allmählich am Horizont eintauchte. Lomax erhob sich ebenfalls und trat neben sie.

»Warum hast du nie geheiratet?« fragte er leise. »Ein Mädchen wie du muß doch Anträge bekommen haben.«

Sie wandte sich ihm sehr langsam zu, und in dem gespenstischen, orangefarbenen Licht, das das Meer reflektierte, hätte sie Helena sein können, die auf das brennende Troja blickt – und nie war sie schöner gewesen.

Ihre Augen waren dunkle, niemals ergründbare Teiche. Als sie seinen Namen flüsterte und einen Schritt vortrat, kamen sie zusammen, auf leichte und völlig selbstverständliche Art. Ihre Hände zogen seinen Kopf herab, während ihr Mund den seinen suchte, und dann hob er sie in den Armen hoch und legte sie zurück auf die Decke.

Sie weinte, ihr Gesicht war naß vor Tränen, das merkte er, und dann schien ein großer Sturm sie zu ergreifen und sie ans andere Ende der Zeit zu tragen.

Als sie durch den Garten zum Haus hinübergingen, wanderten sie Hand in Hand wie Kinder. Katinas Leinenkleid war völlig zerknittert und mit Salzwasserflekken versehen, und Lomax lachte leise und küßte sie sanft auf die Wange. »Zieh dich vor dem Essen besser um. Wir wollen Oliver auf seine alten Tage nicht schokkieren.«

Sie gingen durchs Wohnzimmer in die Diele und blieben unten an der Treppe stehen. »Ich glaube, ich werde mich auch noch duschen«, sagte sie. »Wir sehen uns in einer halben Stunde.«

Er nickte. »Ich bin bei Van Horn auf der Terrasse draußen.«

Sie küßte ihn flüchtig und wandte sich ab. Er blieb stehen, war sich noch ihres Dufts bewußt, der in der Luft zu haften schien, und empfand eine seltsame Traurigkeit.

Eine kleine Weile lang war es ihm gelungen, der Welt des Hasses und der Gewalt zu entfliehen, in die er sich gestürzt hatte. Aber das, was er soeben am Strand erlebt hatte, war ein kurzer Vorgeschmack eines Glücks gewesen, das er nur behalten konnte, wenn er das siebzehn Jahre zurückliegende Geheimnis aufdeckte. Er begann zu zweifeln, ob das je möglich sein würde.

Van Horn saß auf der Terrasse im selben Segeltuchstuhl, rauchte eine Zigarette und blickte mit einem Nachtfernrohr aufs Meer hinaus.

»Ah, da sind Sie ja«, sagte er. »Haben Sie Ihren Spaziergang genossen?«

»Ich war am Strand unten«, erwiderte Lomax. »Sie haben da ein beachtliches Boot.«

Van Horn nickte. »Es ist sehr praktisch. Es bedeutet, daß ich nach Kreta fahren kann, wann immer mich die Lust dazu packt. Das Postboot kommt nur einmal pro Woche hierher.«

»Das weiß ich nur zu gut«, sagte Lomax.

Er lehnte sich gegen die Balustrade und blickte über

die dunkel werdende See hinaus, und nach einer Weile sagte Van Horn leise: »Warum sind Sie zurückgekommen, Lomax? Warum – nach all diesen Jahren?«

Lomax zuckte die Schultern. »Mir war nach einer Veränderung zumute, so einfach war das.«

»Aber nichts ist je einfach.«

Lomax wußte sofort, daß er recht hatte, runzelte die Stirn und versuchte, sich darüber ins klare zu kommen. Nach einer Weile sagte er: »Irgendwann – irgendwo scheine ich falsch abgebogen zu sein.«

»Sie wollten doch Schriftsteller werden, nicht wahr?«

Lomax nickte. »Oh, ich bin auch einer geworden. Nicht der große Romancier, den ich mir vorgestellt habe, oder etwas dergleichen, aber im Filmgeschäft bin ich recht erfolgreich.«

»Lernen, Kompromisse zu schließen, ist das Schwierigste im Dasein.«

Lomax lachte harsch. »In meinem Fall sieht es gelegentlich so aus, als ob das Leben die Kompromisse für mich geschlossen hätte. Ich erreichte ein Stadium, in dem der Morgen für mich den permanenten Geschmack eines toten Gestern hatte. Ich glaubte, daß ich, wenn ich in die Ägäis zurückkehrte und Zeit zum Nachdenken fände, vielleicht herausfinden würde, wo ich in die Irre gegangen war. Daß ich von vorne beginnen könnte.«

Van Horn seufzte. »Ist das nicht das, was wir alle gern tun würden und niemals schaffen? Wir würden nicht die gleichen Fehler zweimal machen – wir würden einfach neue begehen.« Er lächelte leicht. »Es gibt eine alte griechische Redensart: ›Für jede Freude geben die Götter zwei Sorgen.‹ Wir müssen das Leben akzeptieren, wie es ist, Lomax, und von da ausgehen.«

Lomax schüttelte den Kopf. »Das ist für meinen Geschmack zu fatalistisch. Ein Mensch muß bereit sein, sich zu wehren, wenn es hart auf hart kommt.«

»Vermutlich beabsichtigen Sie, eben das zu tun?«

Lomax nickte. »Ich bin mir völlig bewußt, daß ich eine Art moralische Verantwortung für das trage, was mit mir hier begonnen hat. Aber ich bin nicht unmittelbar schuld am Tod dieser Leute. Ich sehe nicht ein, daß ich das Kreuz für den tragen soll, der sie verraten hat.«

»Aber Sie haben nichts, worauf Sie aufbauen können. Sie wissen nicht einmal, wonach Sie suchen müssen.«

»Es ist eigentlich ganz einfach«, sagte Lomax. »Ich suche nach dem Mitglied der ursprünglichen Gruppe, das nicht ins allgemeine Muster paßt. Nach der Person, die offensichtlich aus diesem Verrat Nutzen zog.«

»Oder nach seiner Schwäche oder Furcht – haben Sie das in Betracht gezogen?« Van Horn schüttelte den Kopf. »Es wird nichts dabei herausspringen, Lomax. Jedes Mitglied der Gruppe hat in dieser oder jener Weise gelitten. Manche starben, der Rest hat das Kriegsende in Fonchi erlebt, und wir alle waren zusammen in dieser Hölle. Niemand wurde eine Sonderbehandlung zuteil, das kann ich Ihnen versichern.«

»Mit Ausnahme von Alexias«, sagte Lomax.

»Ich glaube, ich habe vorher schon erwähnt, daß man ihn ins Gestapo-Hauptquartier nach Athen schickte – für eine Sonderbehandlung anderer Art.«

»Aber warum das?« fragte Lomax. »Sie wußten, daß er mit mir und dem EOK auf Kreta zusammengearbeitet hatte, aber es ist höchst unwahrscheinlich, daß er ihnen etwas über die Sache mit dem General erzählen konnte, was sie nicht schon längst wußten. Den Vorschriften der Genfer Konvention zufolge waren sie durchaus berechtigt, ihn als Spion zu erschießen, und trotzdem haben sie's nicht getan.«

»Andererseits haben sie im allgemeinen SAS-Offiziere exekutiert, wenn sie sie erwischt haben. Und in Ihrem Fall haben sie das auch unterlassen.«

Lomax nickte bedächtig. »Das ist tatsächlich etwas, das ich nie verstehen werde – warum Steiner mich nicht erschießen ließ. Er kann nicht den Wunsch gehabt haben, mich für Kreta aufzuheben, denn die übliche Taktik war, vor den Einheimischen eine öffentliche Exekution vorzunehmen, sofern man den Betreffenden erwischt hatte.«

»Ich möchte hinzufügen, wenn Sie nach jemand Ausschau halten, der nicht ins allgemeine Muster paßt, dann ist da noch immer Katina«, sagte Van Horn gelassen.

Lomax sah ihn voller Erstaunen an. »Um Himmels willen, seien Sie vernünftig. Wir wissen doch genau, was mit ihr passiert ist.«

»Wir können uns nur auf ihr Wort verlassen. Wenn Sie ihren Onkel verdächtigen, müssen Sie logischerweise bei ihr das gleiche tun.« Lomax runzelte die Stirn und ließ sich ihm gegenüber in einem Stuhl nieder. Van Horn fuhr fort: »Noch etwas. Selbst wenn Alexias uns verraten hat, erklärt das noch immer nicht, wie die Deutschen ihm auf die Schliche gekommen sind.«

Das war der große Haken. Lomax seufzte schwer. »Sie haben natürlich recht.«

»Es tut mir leid«, sagte Van Horn freundlich, »aber ich muß Sie fragen – was wollen Sie jetzt tun?«

Lomax stand auf. »Ich denke noch immer, es sei an

der Zeit, daß ich ein Wort mit Alexias spreche. Schließlich steht er sozusagen im Mittelpunkt der Affäre.«

»Glauben Sie, daß er Sie an sich heranläßt?«

»Warum nicht? Katina hat mir erzählt, er wohne draußen auf dem Bauernhof – ganz allein. Wenn ich dort einfach auftauche, bleibt ihm wohl keine andere Wahl, oder?«

»Sie sind sich natürlich im klaren, daß er möglicherweise auch darum betet, daß Sie erscheinen? Daß Sie Ihren Kopf selbst in die Schlinge stecken mögen?«

»Der Gedanke ist mir tatsächlich gekommen«, sagte Lomax bedächtig.

Van Horn stand auf und ging zur Balustrade. Einen Augenblick lang blieb er dort stehen, blickte aufs Meer hinaus und wandte sich dann um. »Ich kann nicht behaupten, daß ich das ganze billige, Lomax. Offen gestanden finde ich, daß das alles eigentlich gar keine Rolle mehr spielt, aber wenn ich Ihnen in irgendeiner Weise helfen kann, werde ich es tun. Ich biete Ihnen zum Beispiel an, den Jeep zu benutzen.«

Lomax schüttelte den Kopf. »Trotzdem vielen Dank, aber ich kann ein bißchen Zeit brauchen, um mir die Dinge zurechtzulegen. Ich glaube, ich werde über den Berg wandern.«

»Kann ich Sie überreden, zum Abendessen zu bleiben?«

»Vielen Dank, nein. Ich möchte nicht, daß Katina allzu sehr in diese Sache verwickelt wird. Wenn sie weiß, daß ich vorhabe, ihren Onkel aufzusuchen, wird sie vielleicht versuchen, mich daran zu hindern.«

»Was soll ich ihr sagen?«

Lomax zuckte die Schultern. »Was Sie wollen. Sagen

Sie ihr, ich würde mich mit ihr in Verbindung setzen. Und ich wolle das ganze allein überdenken.«

Van Horn sah aus, als läge ihm ein Einwand auf der Zunge, aber Lomax drehte sich schnell um, ging hinaus. Als er auf das Haupttor zuschritt, rief jemand seinen Namen, und Yanni tauchte auf dem Hof auf.

»Bleiben Sie nicht zum Abendessen?«

Lomax schüttelte den Kopf. »Ich habe dringende Dinge vor, mein Sohn. Etwas, das keine Zeit hat. Richte Katina aus, wie leid es mir tut.«

Yannis junges Gesicht war ernst. »Werden Sie wieder Scherereien kriegen, Mr. Lomax?«

Lomax grinste. »Ich reiße mich nicht darum. Geh jetzt ins Haus zurück. Wir sehen uns morgen.«

Er überquerte die Straße und begann, bergan zu steigen. Es war die stille Zeitspanne zwischen Abend und Nacht. Er konnte einen Hund in der Ferne bellen hören, und der Geruch nach Holzrauch wurde aus irgendeiner Schäferhütte von der leichten Brise zu ihm herübergetragen.

Als er innehielt, um zu rasten, lehnte er sich gegen einen Felsblock und zündete sich eine Zigarette an. Seit einer Weile war ihm bewußt, daß er verfolgt wurde. Er trat ins Dunkel und wartete. Gleich darauf war das Poltern von Steinen zu hören, und Yanni tauchte vorsichtig auf.

Er blieb, offenbar unentschieden, stehen, und Lomax trat hinter dem Felsblock hervor und tippte ihn auf die Schulter. »Und wohin willst du gehen?«

Yanni lächelte betreten. »Ich wollte nichts Schlimmes, Mr. Lomax. Ich dachte nur, Sie gerieten vielleicht wieder in Schwierigkeiten, so wie heute nachmittag.«

»Na schön, da täuschst du dich«, sagte Lomax. »Weiß Katina, daß du hier bist?«

»Wenn ich ihr's gesagt hätte, dann hätte sie auch mitgehen wollen.«

Lomax drehte ihn um und gab ihm einen Schubs. »Mach, daß du in die Villa hinunterkommst, bevor sie anfängt, sich deinetwegen Sorgen zu machen.«

Der Junge verzog sich. Einmal blieb er stehen und sah sich um, aber Lomax blieb hart und winkte ihm weiterzugehen. Zögernd verschwand er im Dunkel der Schlucht. Einen Augenblick lang blieb Lomax noch stehen, ein kaum merkliches Lächeln um den Mund, dann drehte er sich um und begann erneut, bergauf zu klettern.

Als er den Rand des Plateaus in der Nähe der Bergspitze überstiegen hatte und sein Blick erneut auf das Grab des Achilles fiel, war es fast Nacht geworden.

Er selbst stand im melancholischen Licht der Dämmerung, während die Bergkanten oben in orangerotem Feuer strahlten. Unter ihm lag die See, schwarz in ihrer Tiefe, purpurn und grau in der Nähe des Ufers; die Lichter der Villa schienen sehr weit entfernt.

Die Schönheit war allzu überwältigend für einen Menschen, und er empfand eine seltsame Traurigkeit und zugleich etwas wie emotionelle Erschöpfung. Und dann erlosch das Feuer auf dem Berg, und die Nacht hüllte ihn ein. Ein kleiner Wind flüsterte zwischen den Säulen des Tempels, sonst war nur Stille.

Ihm wurde kalt, und er empfand eine Aufwallung elementarer Furcht. Hier oben auf dem Berg, inmitten der Ruinen einer uralten Rasse, wurde er mit dem

Schweigen der Ewigkeit und dem Bewußtwerden seiner eigenen Unwichtigkeit im großen Plan der Dinge konfrontiert. Was immer ein Mensch tat, belief sich letztlich auf ein Nichts.

Wenn es so war, so konnte er nur das tun, was notwendig war, und das Beste hoffen. Er überquerte das Plateau und begann, wieder abwärts zu steigen, in Richtung der anderen Inselseite.

14.

Eine schöne Nacht zum Sterben

Der Mond ging auf, als er zwischen den Olivenbäumen hinabstieg, und der Salzgeschmack des Windes lag ihm auf der Zunge. Der Bauernhof war eingehüllt in die Dunkelheit des Tales, still lag er da, nirgendwo war Licht zu sehen. Er schlüpfte unter einem Zaun durch und überquerte vorsichtig den Hof.

Ein alter, mitgenommen aussehender Lieferwagen, Relikt aus Kriegszeiten, stand neben der Veranda. Der Kühler war noch warm, als er ihn berührte. Er blieb einen Augenblick stehen, mit leicht gerunzelter Stirn, dann stieg er die Stufen zur Veranda empor und öffnete die Tür.

Die Angeln quietschten gespenstisch, aber sonst war nichts zu hören. Lomax ging in die Küche, seine Augen spähten ins Dunkel, und dann blieb er plötzlich stehen, weil er mit absoluter Sicherheit spürte, daß er nicht allein war.

Ein Fuß scharrte auf einer Fliese, und Dimitri Paros sagte aus der Finsternis heraus: »Nur herein, Mr. Lomax. Wir haben schon gehofft, daß Sie kommen würden.«

Lomax trat schnell einen Schritt zurück, und etwas explodierte in seiner Magengrube, so daß er nach vorne abknickte. Er sank auf die Knie und kippte langsam zur Seite.

Eine Lampe wurde entzündet, der Raum war von Licht erfüllt. Lomax lag mit angezogenen Knien da und schnappte krampfhaft nach Luft, während seine Handgelenke auf dem Rücken zusammengebunden wurden.

Verschwommen hörte er Stimmen, die sich auf griechisch unterhielten, dann Gelächter. Jemand packte ihn an den Jackenaufschlägen und zerrte ihn hoch.

Außer Dimitri waren noch zwei andere da, Leute seines Schlages, junge Fischer in schäbigen Matrosenjakken und mit Flicken versehenen Jeans. Einer von ihnen zitterte vor Aufregung, und der andere wischte sich fortwährend mit dem Handrücken den Schweiß von der Stirn.

Dimitris Kopf war dick verbunden, sein Gesicht von Schmerz verzogen. »Sie werden sterben, Engländer«, sagte er, und seine Augen waren wie Stein. »Dafür, daß Sie mich vor meinen Freunden mit Ihren dreckigen Tricks als Dummkopf hingestellt haben und dafür, daß Sie meinen Vater in den Tod im Konzentrationslager geschickt haben.«

Lomax gelang es, Luft in seine gequälten Lungen einzuziehen, aber sein Mund war so ausgetrocknet, daß er kaum sprechen konnte. Er fuhr sich mit der Zunge über die trockenen Lippen und krächzte: »Ich habe deinen Vater nicht in den Tod geschickt, ebensowenig irgendeinen anderen von euch. Er war ein tapferer Mann, vor dem ich Respekt hatte.«

Dimitri verpaßte ihm einen Schlag ins Gesicht mit dem Handrücken. »Sie haben kein Recht, von ihm zu sprechen.« Er wandte sich an die beiden anderen. »Schafft ihn in den Wagen.«

Sie schoben Lomax aus der Tür, hievten ihn ins Führerhaus des alten Lieferwagens und stießen ihn dort auf den Boden hinab. Einer von ihnen setzte sich hinters Lenkrad, und Dimitri und der andere gingen zur Mitfahrerseite hinüber.

Lomax drehte sich nach vorne, und als die Scheinwerfer eingeschaltet waren, konnte er direkt auf Dimitri sehen. Der Bouzouki-Spieler zog eine automatische Beretta heraus von einem Typ, wie ihn die italienischen Offiziere während des Krieges benutzt hatten, und reichte sie dem anderen Mann.

»Wenn er zwischen hier und der Stadt Schwierigkeiten macht, erschieße ihn.«

»Was sollen wir tun, wenn wir ihn losgeworden sind?« fragte sein Gefährte.

»Kommt sofort zum Hof zurück. Ich warte hier, um die gute Nachricht zu hören.« Dimitri wandte sich an Lomax. »Tut mir leid, daß ich bei Ihrem Ableben nicht dabei sein kann, aber ich habe andere Geschäfte zu erledigen. Riki hier und Nikita werden sich bestens um Sie kümmern. Sie haben fast ebenso gute Gründe, Sie zu hassen, wie ich.«

»Du wirst bei dieser Sache niemals mit heiler Haut davonkommen«, sagte Lomax.

Dimitri spie ihm ins Gesicht. »Das soll Glück bringen, Engländer. Sie werden's brauchen können.«

Er trat zurück, als Riki auf den Mitfahrersitz kletterte. Der Lastwagen fuhr an und rumpelte über die unebene Fläche des Hofs. Als sie auf den Fahrweg einbogen, schaltete Nikita in den höchsten Gang, und das Gebrüll des Motors erfüllte das kleine Führerhaus.

Lomax drehte sich auf eine Seite und hob den Blick. Im Licht des Armaturenbretts hatte Nikita etwas von einem Untermenschen an sich, die Knochen seines Gesichts standen scharf hervor, während ihm der Schweiß von dem spitzen Kinn tropfte.

Riki, der eine Zigarette geraucht hatte, warf sie aus dem Fenster und begann zu singen. Der Lärm des Motors erstickte jedoch seine Stimme, so daß sich sein Mund lautlos zu öffnen und zu schließen schien.

Die Atmosphäre hatte etwas Unreales, Alptraumhaftes; und zum erstenmal bekam Lomax es mit der Angst zu tun. »Hört mir mal zu!« schrie er verzweifelt.

Falls einer der beiden ihn beim Lärm des Motors überhaupt hörte, so gab er dies durch nichts zu erkennen. Der Wagen hüpfte über eine Unebenheit auf der Straße, so daß Lomax wieder auf den Bauch rollte. Panik stieg in ihm auf, er drehte sich gewaltsam auf den Rücken zurück und brüllte aus Leibeskräften: »Um Himmels willen, hört mir doch zu!«

Das wirkte Wunder. Der Wagen kam rutschend zum Stillstand, und Nikita stellte gleichzeitig den Motor ab. Sie saßen da und blickten auf ihn herab, keiner sagte etwas. Sie warteten darauf, daß er reden würde.

»Das ist eine Verrücktkeit«, sagte Lomax. »Wenn ihr mich umbringt, handelt ihr euch nichts als Probleme ein.«

»Haben Sie eine bessere Idee?« fragte Riki ruhig.

»Ich bin ein reicher Mann«, sagte Lomax. »Mein Leben ist mir viel wert.«

Die bedrückende Stille, die nun folgte, verriet ihm, daß er genau das Falsche gesagt hatte. Mit einem plötzlichen Fluch hob Riki einen Fuß und drückte ihn hart auf Lomax' ungeschützten Hals. Er begann zu würgen, und ein paar Sekunden später ließ der Druck nach. Der Fuß verschwand.

»Haben Sie je von einem Mann namens George Samos gehört?« erkundigte sich Riki.

Lomax nickte, ihm wurde kalt, als er realisierte, was nun folgen würde. »Ich kannte einen Schäfer, der so hieß. Er half mir, als ich während des Krieges hier war.«

»Er war unser Onkel«, sagte Riki. »Der Bruder unseres Vaters. Die Deutschen haben ihn durch die Berge gejagt und erschossen wie einen Hund.«

»Glauben Sie vielleicht, das ließe sich mit Geld bezahlen, Engländer?« sagte Nikita.

Es gab nichts, was Lomax hierauf hätte antworten können, zumindest nicht, auf das zu hören diese beiden bereit waren. Hilflos lag er da, während Riki eine große rote Schärpe hervorzog und ihn schnell damit knebelte, während Nikita den Motor erneut anließ und losfuhr.

Lomax merkte, daß sie in das Städtchen einfuhren, denn der Lieferwagen verlangsamte sein Tempo in den schmalen Straßen, und wenn er den Kopf leicht drehte, konnte er durch die Windschutzscheibe die Hausdächer erkennen.

Als der Wagen schließlich hielt und Nikita den Motor abstellte, sprang Riki als erster hinaus. Er zog Lomax hinter sich her und hielt ihm die Beretta unter die Nase.

»Tun Sie genau, was wir Ihnen sagen. Bringen Sie mich nicht dazu, das Ding zu benutzen.«

Sie hatten am Ende des Wellenbrechers gehalten, der vom Pier am weitesten entfernte Punkt. Es war dunkel und einsam hier, der einzige Laut war das Anschlagen des Wassers gegen die Pfosten des alten hölzernen Landestegs unter ihnen. Als irgendwo in erheblicher Entfernung die Tür eines Cafés geöffnet wurde, hätte die herausdringende Musik und das Gelächer von einem anderen Planeten kommen können, und Lomax schauderte, als sie eine Reihe von Steinstufen zum Landesteg hinuntergingen.

Eine alte Diesel-Barkasse war an seinem Ende festgebunden, sie war mit Netzen geschmückt, die noch feucht waren und nach Fisch stanken. Das Deck war schlüpfrig von ihren Schuppen. Die beiden zwangen ihn, sich mit dem Gesicht nach unten niederzulegen, während sie seine Knöchel fesselten. Dann ging Nikita nach achtern und kehrte mit einem Haufen schwerer Ketten zurück, die er rasselnd aufs Deck fallen ließ.

Riki drehte Lomax auf den Rücken und kauerte neben ihm nieder. »Die sind für Sie, Engländer. Wir kennen eine Stelle, so rund drei Kilometer weit draußen. Dunkel und still und sehr tief. Dort sind Sie ganz für sich.«

Er tätschelte Lomax auf die Wange, stand auf und wandte sich an seinen Bruder. »Ich fahre hinaus. Du kümmerst dich um die Vertäuung.«

Er verschwand im Ruderhaus, und Nikita ging nach achtern. Vorübergehend war er nicht mehr zu sehen, und Lomax drehte sich mit einem Schwung auf die Seite, wobei er verzweifelt die Stricke, mit denen er gefesselt war, zu sprengen versuchte, aber es war Zeitverschwendung.

Der Landesteg lag still und verlassen in dem trüben, gelben Licht einer vereinzelten Lampe. Niemand war da, um ihm zu helfen. Dann, irgendwo im Dunkeln, wurde eine Büchse umgestoßen und rollte klappernd übers Deck.

Während Lomax sich verdrehte, um hinter sich zu sehen, eilte Nikita nach hinten, mit erschreckt gerunzelter Stirn. »Was zum Teufel ist denn da los?« fragte er, und dann tauchte ein großer, schwarz-weißer Kater aus dem Dunkel auf und rieb sich an seinem Bein.

Er hob ihn auf und schüttelte ihn liebevoll. »Alter Teufel du, du hast mir vielleicht einen Schreck eingejagt.«

Als er das Tier wieder abgesetzt und sich abgewandt hatte, fing der Motor an zu rattern und erschütterte die Stille der Nacht. Das Boot entfernte sich vom Landesteg. Ein paar Sekunden später fuhren sie vor dem Licht am Ende des Piers vorbei und wandten sich aufs Meer hinaus.

Nebel stieg vom Wasser auf und verlieh ihm eine seltsame Helligkeit. Der Himmel war ein mit Diamanten besetzter Samt. Während Riki die Fahrt beschleunigte, trat sein Bruder an die Reling und blieb dort stehen. Die Gischt sprühte ihm ins Gesicht.

Er verharrte dort eine ganze Weile, dann drehte er sich um und zündete sich eine Zigarette an, die Flamme mit den gewölbten Händen schützend; einen Moment wurde sein starkknochiges Gesicht erhellt.

Er schnippte das Streichholz ins Meer und blickte auf Lomax hinab. »Eine Nacht, für die man Gott danken sollte, Engländer. Eine schöne Nacht zum Sterben.«

Seine Zähne schimmerten in der Dunkelheit, er wandte sich ab und verschwand leise vor sich hinsummend im Ruderhaus. Trotz des Knebels seufzte Lomax erleichtert auf. Seit einer geraumen Weile war ihm klargeworden, daß nicht der Kater für das Umfallen der

Blechbüchse verantwortlich gewesen war, als sie den Landesteg verlassen hatten – sondern daß jemand im Dunkel hinter den aufgehäuften Netzen kauerte.

Er versuchte, sich nach hinten zu schieben, Hände begannen die Schärpe zu entknoten, und Yanni Melos flüsterte ihm ins Ohr: »Vorsicht, Mr. Lomax. Erst müssen wir mal das hier wegkriegen.«

Lomax spuckte den Knebel aus und sog hastig die frische Salzluft ein. Er vergeudete keine Zeit mit zwecklosen Fragen. »Wenn du ein Messer hast, beeile dich, mein Sohn. Er kann jeden Augenblick zurückkommen.«

Ein Klicken ertönte, als der Junge auf den Knopf eines Springmessers drückte, und gleich darauf rieb sich Lomax die Handgelenke, wobei er vor Schmerz zusammenzuckte, als das Blut wieder zu zirkulieren begann.

Als Yanni den Strick durchschnitt, mit dem die Knöchel gefesselt waren, wurde der Motor abgestellt und das Boot verlangsamte seine Fahrt. Der Junge zog sich ins Dunkel zurück und Lomax sagte leise: »Misch dich jetzt nicht ein. Ich möchte nicht, daß dir was zustößt.«

Gelächter wurde hörbar, und Nikita tauchte aus dem Ruderhaus auf und kam auf Lomax zu. Er kauerte sich neben ihm nieder und grinste. »Jetzt dauert's nicht mehr lang, Engländer.«

Er erstarrte plötzlich, das Grinsen verschwand aus seinem Gesicht, und als er sich vorbeugte, schlug ihm Lomax mit der Handkante quer über die Luftröhre.

Nikita stieß einen schrecklichen, erstickten Schrei aus und kippte nach hinten, um sich auf dem Deck zu winden, seine Hände zerrten an seinem Hals. In diesem Augenblick kam Riki aus dem Ruderhaus, die Beretta schußbereit in der Hand. Er feuerte schnell, und Lomax tat das einzig Mögliche, er warf sich mit einem flachen Kopfsprung über die Reling.

Als das Wasser über ihm zusammenschlug, war er bereits am Wenden, um unter dem Boot durchzuschwimmen, wobei ihn der Kiel schmerzhaft am Rükken kratzte. Er tauchte auf der anderen Seite neben einer kurzen Leiter auf, so wie Schwammtaucher sie zu benutzen pflegen. Dort blieb er ein paar Sekunden lang hängen, um Atem zu schöpfen.

Das Wasser war überraschend kalt, und er schauderte, als er die Leiter hinaufkletterte. Riki stand da, den Rücken ihm zugewandt, und spähte ins Meer hinab, und als Lomax über die Reling kletterte, kam Yanni hinter dem Haufen Netze hervor.

Er hob den Arm, die Schneide glitzerte im Mondlicht wie Silber, und in genau diesem Augenblick drehte sich Riki um. Er wich blitzschnell aus, entwand dann dem Jungen das Messer und warf es ins Wasser. Als Yanni zurückwich, folgte er ihm, das Gesicht vor Wut verzerrt, die Beretta drohend erhoben.

Ein kräftiger, fast zwei Meter langer Haken, dafür gedacht, große Fische hereinzuziehen, hing neben dem Ruderhaus. Es war die einzig vorhandene Waffe. Lomax packte den Haken und trat schnell vor.

»Hier bin ich, Riki!« rief er.

Der Grieche blickte zu ihm hinüber, sein Unterkiefer sank vor Erstaunen herab, dann traf er Anstalten, sich umzuwenden und die Beretta in Anschlag zu bringen. Lomax schlug ungeschickt mit dem Haken zu, und die Spitze drang durch die schwere Matrosenjacke hindurch in die rechte Achselhöhle.

Riki schrie auf, ließ sofort die Waffe fallen und taumelte rückwärts, wobei er den Haken mitriß. Er löste ihn aus der Achselhöhle, sank auf den Netzhaufen nieder und stöhnte vor Schmerz.

Yanni taumelte zur Reling und beugte sich über sie, sein schmächtiger Körper bebte. Lomax hob die Beretta auf und ging zu ihm hin. Der Junge drehte sich um, wischte sich den Mund mit dem Handrücken ab und versuchte, seine Tränen zu unterdrücken, was ihm jedoch nicht gelang.

»Ich dachte, Sie seien tot«, sagte er. »Ich dachte, mit Ihnen sei's aus.«

Lomax schob ihn sachte in Richtung des Ruderhauses. »Geh dort hinein und warte auf mich. Es wird nicht lange dauern.«

Er steckte die Beretta ins Gurtband seiner Hose und ging in die Kombüse. Es war dunkel und muffig dort, aber es gelang ihm, ein Handtuch zu finden, mit dem er aufs Deck zurückkehrte.

Riki kauerte neben seinem Bruder, der völlig still dalag, den Kopf zur Seite gewandt; das Weiße in seinen Augen schimmerte in dem trüben gelben Licht, das aus dem Ruderhaus drang.

Lomax ließ sich auf ein Knie nieder, rollte das Handtuch fest zusammen und streckte es Riki hin. »Wenn du das so fest wie möglich unter deinen Arm preßt, bleibst du vielleicht noch lange genug am Leben, um einen Arzt aufzusuchen.«

Rikis Gesicht war graugelb im Lampenlicht, seine Augen starrten bewegungslos. »Er ist tot«, sagte er stumpf. »Mein Bruder ist tot.«

Lomax hob den Arm des Mannes seitlich hoch und schob das zusammengewickelte Handtuch an die richtige Stelle. Riki versuchte gar nicht, sich dagegen zu wehren. Er hockte da neben der Leiche seines Bruders und preßte den verletzten Arm gegen seinen Körper. Lomax wandte sich erschöpft ab und ging ins Ruderhaus.

Dort lehnte er sich gegen die Tür und schloß die Augen. Er hatte das Gefühl, allein zu sein, und es schien, als dränge die Dunkelheit auf ihn ein und preßte sich mit einem schrecklichen, gewichtslosen Druck gegen ihn. Er war verloren, allein in dieser Finsternis, nach irgendeinem Licht tastend – und dann zupfte eine Hand an seinem nassen Ärmel; er öffnete die Augen und blickte auf Yanni hinab.

Das Gesicht des Jungen war bleich und verängstigt, und Lomax tätschelte ihn beruhigend. »Schon gut, Yanni. Ich bin einfach nicht mehr so jung wie früher, das ist alles.«

Aber es steckte mehr dahinter – weit mehr. Er warf einen Blick durch das Fenster auf Riki, der neben seinem toten Bruder kauerte, und wandte sich dann schnell mit einem Gefühl aufsteigender Übelkeit ab.

Seine Hände zitterten, als er auf den Starter drückte. Der Motor hustete einmal asthmatisch und begann dann zu rattern. Lomax wendete das Boot in einem langgezogenen Bogen und sagte dann zu dem Jungen: »Nun kannst du mir mal erzählen, wie du es geschafft hast, hier aufzukreuzen.«

»Ich bin Ihnen über den Berg zum Hof gefolgt, statt in die Villa zurückzukehren, so wie Sie gesagt hatten«, erklärte Yanni. »Als sie Sie herausbrachten und in den Lieferwagen steckten, bin ich aufs Reserverad hinten geklettert.«

»Das muß eine ziemlich üble Fahrt für dich gewesen sein«, bemerkte Lomax.

»Es hätte schlimmer sein können.« Der Junge zuckte

die Schultern. »Ich wollte eigentlich zu Kytros gehen, aber ich habe mich nicht getraut, Sie zu verlassen. Wegen der Lampe konnte ich nicht über den Landesteg gehen, deshalb bin ich vom Strand aus hinausgeschwommen und über das Heck hereingeklettert. Und dabei habe ich dann die Büchse umgeworfen.« Er zögerte und fügte zaghaft hinzu: »Habe ich es richtig gemacht, Mr. Lomax?«

Lomax grinste auf ihn hinab. »Ich frage mich langsam, wie ich jemals ohne dich ausgekommen bin.«

Der Nebel, der von der Wasseroberfläche aufstieg, war ein bißchen dichter geworden, aber innerhalb weniger Minuten sah er die Hafenlichter an der Backbordseite auftauchen und änderte den Kurs.

Als sie am Ende des Piers vorbeikamen, ging Yanni aufs Deck hinaus und stand mit einem der Taue bereit. Lomax verringerte die Geschwindigkeit und stellte den Motor ab, als sie noch ein paar Meter vom Steg entfernt waren. Er hatte sich ein wenig verschätzt, und das Boot trieb seitlich gegen die Pfosten, so daß das Holz splitterte. Der Stoß ließ Lomax durch das Ruderhaus taumeln.

Als er aufs Deck hinaustrat, befand sich Yanni bereits auf dem Landesteg, wo er fachmännisch das Seil an einem Poller befestigte.

Er grinste. »Wie lang ist es her, seit Sie ein Boot in den Hafen eingefahren haben, Mr. Lomax?«

»Jedenfalls sind wir angekommen«, sagte Lomax. »Das ist es, was zählt. Wie weit ist es bis zur Polizeistation?«

»Sie ist gleich um die Ecke«, erwiderte Yanni. »Zwei Minuten vielleicht. Soll ich Sergeant Kytros holen?«

Lomax nickte. »Ich werde hier warten.«

Ein dumpfes Echo hallte übers Wasser, als der Junge die Holzplanken des Landestegs in Richtung des Kais entlangrannte und dann im Dunkeln verschwand.

Als Lomax sich umdrehte, sah er, daß Riki aufgestanden war. Er starrte auf seinen Bruder hinab, seine Beine waren gespreizt, den verletzten Arm preßte er fest gegen die Seite.

»Wer hat dich und deinen Bruder und Dimitri auf mich gehetzt?« fragte ihn Lomax. »War es Alexias Pavlo?«

Riki hob langsam den Kopf. Im gelben Licht der Lampe waren seine Augen schwarze Löcher, sein Gesicht glitzerte vor Schweiß, eine Maske des Schmerzes. Er antwortete nicht, und doch lag sein Haß zwischen ihnen wie etwas Lebendes, und Lomax lief unwillkürlich ein Schauder über den Rücken. Ein schwacher Wind erhob sich und drang durch seine nasse Kleidung; er drehte sich um, stieg über die Reling und ging den Landesteg entlang.

Als er den Kai erreicht hatte, zögerte er. Er wußte, es wäre das Vernünftigste gewesen, auf Kytros zu warten, ihm alles zu überlassen. Aber dann dachte er an Dimitri, der draußen auf dem Bauernhof auf die Nachricht wartete, daß er – Hugh Lomax – tot sei, und Zorn regte sich in ihm. Er stieg in den Lieferwagen und fuhr gleich darauf in schnellem Tempo davon.

Ein vereinzeltes Licht begrüßte ihn in der Dunkelheit des Tals, als er mit dem Lieferwagen auf den Hof zufuhr. Er bremste und hielt, stellte den Motor ab und blieb sitzen, den Blick auf die Veranda gerichtet. Nach einer Weile sprang er aus dem Wagen und stieg die Stufen empor.

Er nahm die Beretta aus dem Gurtband, hielt sie entsichert gegen den rechten Schenkel und trat ein. Die Küche war dunkel, aber unter der zum Wohnzimmer führenden Tür drang ein schmaler Lichtstreif hervor.

Er blieb stehen und war sich der unheimlichen Stille bewußt – nur irgendwo in der Ferne grollte drohend ein Donner. Lomax öffnete die Tür und trat sofort ins Wohnzimmer.

Im Kamin prasselte ein Feuer, eine Lampe stand auf dem Tisch mitten im Zimmer; ihr gelber Schein trieb die Schatten in ihre Winkel zurück.

Und dann bemerkte er die Flasche, die auf dem Schaffellteppich lag, offenbar dorthin gefallen. Roter Wein ergoß sich über den Boden wie Blut, strebte den Beinen zu, die aus dem Dunkel hinter einem der großen Ohrensessel neben dem Feuer ragten.

Dimitri Paros starrte zur Decke empor, die Augen für alle Ewigkeit auf einen festen Punkt gerichtet, ein halbes Lächeln wie erfroren um die Lippen. Der Horngriff eines Messers stand unter seinem Kinn hervor, die lange Schneide war durch den Gaumen ins Gehirn gedrungen.

Seine eine Hand umklammerte noch immer ein Weinglas, dessen Inhalt neben ihm auf dem Boden verschüttet war. Lomax schob die Beretta ins Gurtband zurück und kniete neben dem Toten nieder.

Als er das bleiche Gesicht mit einem Handrücken berührte, stellte er fest, daß es noch warm war. Er konnte nur eben erst umgekommen sein, so viel war offensichtlich, und Lomax seufzte und wollte sich aufrichten.

Ein leichter Windhauch berührte seinen Nacken, und die Tür knarrte. Eine vertraute Stimme sagte: »Bitte stehen Sie ganz still.«

Alexias Pavlo trat ins Zimmer, schwer auf seinen Stock gestützt, eine Mauser fest mit der anderen Hand umklammert. Er zog die Beretta aus Lomax' Gurtband, ließ sie in seine Tasche gleiten und blickte dann auf Dimitri hinab.

Als er Lomax wieder ansah, war sein Gesicht düster vor Rachedurst und zugleich starr wie aus Stein gehauen.

»Nun will ich Sie hängen sehen, Captain Lomax«, sagte er.

15.

Aussicht auf den Galgen

Die Zelle war klein und kahl, die Wände weiß gekalkt und das Ganze von einer einzigen Birne erhellt. Es gab ein kleines, vergittertes Fenster, ein Waschbecken und das Feldbett, auf dem er lag.

Die Tür war mit Eisenbändern verstärkt, und durch ein winziges, vergittertes Loch hatte man begrenzte Aussicht auf den Korridor draußen. Aus Richtung des Büros konnte er Stimmengemurmel hören.

Er wickelte sich in eine Decke, um gegen die Kälte anzukämpfen, die durch die feuchte Kleidung drang, und rauchte eine der Zigaretten, die Kytros ihm gegeben hatte.

Durch das Fenstergitter konnte er den blauschwarzen Nachthimmel und ein paar verstreute Sterne sehen. In der Ferne rumpelte erneut der Donner. Lomax stand auf und ging zum Fenster. Weit draußen am Horizont über der See zuckte ein Blitz.

Auf dem Korridor waren Schritte zu hören. Als er sich umdrehte, schloß soeben Stavrou, der Wärter, ein großer, massiger Mann in zerknitterter Khakiuniform, die Tür auf.

Lomax warf die Decke aufs Bett und trat in den Korridor hinaus. »Was jetzt?«

»Der Sergeant hat ein Wort mit Vater John gesprochen«, sagte Stavrou. »Der alte Mann möchte mit Ihnen reden, bevor er geht.«

Das Büro war düster, seine einzige Beleuchtung bestand aus der Lampe mit dem grünen Schirm, die auf dem Schreibtisch stand. Vater John saß daneben, die eine Hand an der Stirn, während Kytros am Fenster stand. Als Lomax auf der Schwelle stehenblieb, wandte der alte Mann ihm mit einem Ruck das Gesicht zu.

Für einen langen Augenblick herrschte Schweigen zwischen ihnen, dann erhob sich der Priester. »Gibt es irgend etwas, das ich für Sie tun kann?«

»Ich glaube kaum«, erwiderte Lomax.

»Sergeant Kytros hat mir erzählt, daß Sie in dieser Sache Alexias Pavlo beschuldigen«, sagte der Priester ruhig.

»Und Sie halten ihn vermutlich dessen nicht für fähig?« sagte Lomax.

»Zu töten?« Vater John zuckte die Schultern. »Der Teufel ist in jedem von uns. Aber heute abend war Alexias Pavlo da, wo er seit Jahren an jedem Donnerstag abend ist. Er hat bis neun Uhr dreißig in meinem Haus mit mir Schach gespielt.«

»Damit hätte er noch immer ausreichend Zeit gehabt«, beharrte Lomax eigensinnig.

Der alte Mann schüttelte den Kopf. »Das glaube ich kaum.«

In diesem Augenblick knallte ein Stein gegen die Jalousien, welche das Fenster bedeckten. »Sie fangen an, unangenehm zu werden«, bemerkte Kytros.

Vater John und Lomax traten neben ihn. Durch die schmalen Latten der Jalousie konnte Lomax zwanzig bis dreißig Leute in kleinen Gruppen draußen stehen sehen; manche redeten miteinander, andere blickten nur auf die Polizeistation.

»Was wollen sie?« fragte er.

»Ihren Kopf vermutlich«, erwiderte Kytros gelassen.

»Es wird lange dauern, bis die Insel das verkraftet hat, was heute nacht geschehen ist«, sagte Vater John und zog seinen Umhang über die Schultern.

»Und natürlich ist alles meine Schuld?« sagte Lomax.

»Es ist schwierig, mit Sicherheit zu sagen, wer für alles, was im Leben geschieht, die Verantwortung trägt«, antwortete der alte Mann. »Nur weiß ich mit Gewißheit, daß zwei Männer tot sind. Sie hätten mit dem Schiff wegfahren sollen, Mr. Lomax. – Ich sehe jetzt, daß wir Sie zur Abfahrt hätten zwingen sollen.«

Lomax setzte sich und nahm sich eine Zigarette aus einem Päckchen, das auf dem Schreibtisch lag. »Das wäre verdammt bequem für Sie alle hier gewesen, Vater. Sie hätten weiterhin so tun können, als ob mich die Schuld träfe. Daß der Verantwortliche für so viel Böses keiner von euren eigenen Leuten sei.«

Der alte Mann sah ihn an, seine Stirn war vor Verwunderung leicht gerunzelt. Es sah so aus, als wollte er etwas sagen, schien sich dann jedoch eines Besseren zu besinnen.

Er wandte sich an Kytros. »Ich muß jetzt gehen. Ich will noch die Eltern von Nikita Samos besuchen.«

»Danke, daß Sie gekommen sind, Vater«, sagte Kytros.

»Ich werde die Leute draußen anweisen heimzugehen«, fuhr der Priester fort. »Wenn Sie mich später noch brauchen, scheuen Sie sich nicht, mich zu holen.«

Er wandte sich noch einmal Lomax zu, zögerte und ging dann zur Tür. Als sie sich hinter ihm geschlossen hatte, trat Kytros ans Fenster. Nach einer Weile gab er ein befriedigtes Brummen von sich.

»Gehen sie?« fragte Lomax.

»Für den Augenblick ja, aber sie werden zurückkommen.«

Stavrou beschäftigte sich an einem Tisch, der halb im Dunkel stand; ein Topf mit irgend etwas Brodelndem stand dort auf einem kleinen Spirituskocher. Er füllte zwei Tassen und brachte sie zum Schreibtisch. Lomax atmete tief den Duft guten Kaffees ein. Er war kochend heiß und erfüllte ihn mit neuer Lebenskraft. Er seufzte vor Behagen und zündete sich eine weitere Zigarette an.

Kytros setzte sich auf die andere Seite des Schreibtisches. Er steckte eine türkische Zigarette in eine einfache Silberspitze und zündete sie an. Dann lehnte er sich zurück, so daß er sich am Rand des Lichtkreises befand, sein Gesicht war im Halbdunkel.

»Eines verblüfft mich«, sagte er. »Dimitri Paros schätzte es, bei fast allen Dingen im Brennpunkt des Geschehens zu sein. Und trotzdem verzichtete er freiwillig auf das Vergnügen, einen Mann zu töten, den er haßte. Ich frage mich, warum?«

»Er sagte, er hätte andere Geschäfte zu erledigen.«

»Die müssen sehr wichtig gewesen sein.«

Er öffnete eine Schublade und nahm die Beretta und das Messer heraus, mit dem Dimitri umgebracht worden war. Es war ein ganz gewöhnliches Ding, der Griff aus schwarzem Horn, mit Messing eingefaßt und leicht gebogen. Als er mit dem Daumen auf den Knopf drückte, sprang wie durch Zauberei die rund zwanzig Zentimeter lange Klinge heraus.

Kytros schob sie wieder zurück und zog die Brauen zusammen. »Eine ziemlich ungewöhnliche Methode, einen Menschen zu erstechen, finden Sie nicht auch?«

»Ein alter Kommandotrick«, sagte Lomax. »Hier, ich zeige es Ihnen.«

Er stand auf, nahm das Messer und hielt es in der rechten Hand verborgen leicht gegen seinen Schenkel gedrückt. Dann fuhr sein Arm plötzlich hoch, die Klinge sprang heraus wie die Zunge einer Schlange. Er ließ es, die Spitze voraus, auf den Schreibtisch fallen und setzte sich wieder.

»Es ist eine praktische Methode, einen Mann von vorne aus nächster Nähe zu töten. Der Tod tritt sofort ein, weil die Klinge das Gehirn durchbohrt.«

»Und auf diese Weise wurde Dimitri Paros umgebracht?«

»Davon bin ich überzeugt. Auf seinem Gesicht lag noch ein Lächeln. Er wurde von jemand getötet, den er gut kannte, und ich möchte darauf hinweisen, daß er mich wohl kaum angelächelt hätte.«

»Ein gutes Argument«, gab Kytros zu. »Obwohl ich es nicht gerade als ein freundliches Lächeln bezeichnet hätte.«

»An dem Kerl war überhaupt nichts freundlich«, sagte Lomax. »Im übrigen noch etwas – wenn ich ihn hätte umbringen wollen, warum sollte ich dann das Messer benutzen, wenn ich die Beretta hatte?«

Kytros seufzte. »Eine verwirrende Sache, Mr. Lomax. Wenn Sie doch nur am Kai auf mich gewartet hätten. Dann wäre vielleicht alles anders verlaufen.«

»Das ist das Verhängnis meines Lebens. Was geschieht nun?«

»Da steht noch Verschiedenes offen. Die Autopsie zum Beispiel. Dr. Spanos nimmt sie gerade vor. Hinterher...«

Stavrou trat, die Schlüssel schwenkend, vor, und Lomax sagte bitter: »Mit anderen Worten, ich bin nach wie vor Nummer eins auf der Liste.«

»Leider ja«, sagte Kytros.

»Wie Sie wollen. Vergessen Sie aber nicht, daß ich britischer Staatsbürger bin.«

Kytros nickte. »Ich werde mich per Funk mit Kreta in Verbindung setzen. Man wird dort sofort mit Ihrer Botschaft in Athen Kontakt aufnehmen. Sonst noch etwas?«

»Ich würde mich gern umziehen. Meine Kleidung ist noch ziemlich feucht, und in der Zelle ist es ganz schön kalt.«

»Ich werde sehen, was sich tun läßt«, sagte Kytros. »Nun müssen Sie mich entschuldigen. Ich muß mich um eine Menge Dinge kümmern.«

Stavrou brachte Lomax in die Zelle zurück und schloß hinter ihm ab. Als er verschwunden war, zog Lomax die Decke um die Schultern und ließ sich auf der Pritsche nieder, den Rücken gegen die Wand gelehnt.

Wenn er doch nur am Kai auf Kytros gewartet hätte! Aber für solche Erkenntnisse war es jetzt zu spät. Er saß in einem Spinnennetz von Indizien und war bereits verurteilt und verdammt.

Wieder Schritte auf dem Korridor. Als er sich der Tür zuwandte, tauchte Stavrous Gesicht am Gitter auf. Er öffnete und warf einen wollenen Pullover auf die Pritsche. »Besser als nichts.«

Lomax zog seine Jacke aus und griff nach dem Pullover. Als er ihn eben über den Kopf zog, bewegte sich etwas im Dunkeln, und Katina trat vor.

Ihr Gesicht war sehr blaß, ihre Augen dunkle Teiche. Lomax und Katina standen da, allein in ihrer eigenen Welt, und schwiegen. Stavrou räusperte sich. »Fünf Minuten, mehr nicht.«

Die Tür schloß sich, der Schlüssel wurde umgedreht, und sie waren allein. Sie hob eine Hand und berührte sacht sein Gesicht. »Geht es dir gut? Haben sie dich verletzt?«

»Ein paar Schrammen. Nichts von Bedeutung.«

Dann bemerkte er, daß sie geweint hatte, und zog sie neben sich aufs Bett. »Was ist, Katina?«

»Ich ging zum ›Kleinen Schiff‹, um meinen Onkel um Hilfe zu bitten, aber er weigerte sich, mit mir zu sprechen«, sagte sie. »Nikoli und die anderen von seinen Freunden haben sich um den Verstand betrunken. Es war schrecklich.«

»Du meinst, sie werden Ärger machen?«

Sie nickte langsam. »Ich glaube, sie haben vor, die Dinge selbst in die Hand zu nehmen, wenn sie können.«

»Hast du das Kytros gesagt?«

Sie schüttelte den Kopf. »Anscheinend war er gerade weggegangen, als ich eintraf.«

Lomax stand auf, ein unangenehmes, kribbelndes Gefühl in der Magengrube. »Das sieht alles nicht gerade rosig aus, wie?«

»Draußen auf der Straße warten vierzig oder fünfzig Männer«, sagte sie. »Und jede Minute kommen noch mehr dazu.«

Er ließ sich wieder aufs Bett fallen. Sein Mund war plötzlich trocken. Sie nahm eine Pistole aus der Tasche ihrer Schaffelljacke und reichte sie ihm.

»Leider ist sie ziemlich alt, aber es war das Beste, was ich tun konnte.«

Seine Hand umschloß den abgenutzten Griff, und er runzelte die Stirn. »Meinst du wirklich, ich soll das hier benutzen?«

»Ist es Dimitri Paros wert, daß man seinetwegen stirbt?«

In diesem Augenblick begriff er, daß auch sie glaubte, er hätte Paros umgebracht, und er erkannte, in welch hoffnungsloser Position er sich befand, wenn er blieb.

»Wie stellst du dir das vor?« fragte er. »Selbst wenn ich Stavrou überwältige, kann ich nicht einfach zur Haustür hinausspazieren. Gibt es einen Hintereingang?«

»Nur einen ummauerten Hof und dahinter weitere Höfe, bis man schließlich in eine Gasse gelangt, die zum hinteren Ende des Hafens führt. Ich werde beim Rathaus mit dem Jeep warten.«

»Es ist dunkel, vergiß das nicht«, sagte er. »Ich könnte mich leicht verirren.«

Sie schüttelte den Kopf. »Nicht, wenn Yanni dich führt. Er wartet dort draußen.«

»Und was geschieht dann?«

»Oliver und ich haben alles arrangiert«, sagte sie ruhig. »Ich brauche dich lediglich in die Villa zu bringen. Er hält die Barkasse bereit. In zwölf Stunden kannst du in der Türkei sein. Es ist wirklich alles ganz einfach.«

Flüchtig war er geneigt, ihr zu erklären, daß nichts im Leben je so einfach war, daß es keinen Winkel auf dieser Erde gäbe, in dem ein Mörder sichere Zuflucht finden würde, aber dazu war keine Zeit. Schritte waren auf dem Korridor zu hören, und der Schlüssel wurde im Schloß umgedreht.

Lomax stand auf, und Katina hielt ihn am Ärmel fest. »Verletze ihn nicht«, flüsterte sie. »Er ist ein guter Mann.«

Er nickte kurz und wartete, die Pistole gegen den Schenkel gestemmt. Die Tür schwang gegen die Wand zu auf, und Stavrou kam herein. »Es tut mir leid, Katina«, sagte er, »aber du mußt gehen. Wenn Kytros dich hier findet, gibt es einen Mordsstunk.«

Im selben Augenblick wandte er sich Lomax zu und blickte in den Lauf der Pistole. Er wurde blaß, und seine Schultern sanken herab. Ganz plötzlich schien er um zehn Jahre gealtert zu sein.

Er wandte sich wieder Katina zu und sagte bitter: »Du Luder. Ich werde deshalb meine Arbeit verlieren.«

»Tun Sie, was ich sage, dann geschieht Ihnen nichts«, sagte Lomax. »Nehmen Sie Ihre Krawatte und den Gürtel ab und legen Sie sich, das Gesicht nach unten, aufs Bett.«

Stavrou fügte sich zögernd. Lomax reichte Katina die Waffe und fesselte Handgelenke und Knöchel des Mannes. Als Knebel benutzte er Katinas Kopftuch. Dann nahm er Stavrous Schlüsselbund an sich.

Sie gingen hinaus, Lomax verschloß die Zelle und folgte Katina zum Büro. An der Tür blieb sie stehen und blickte zu ihm auf, ohne etwas zu sagen. Er hielt ihre Hand für einen Augenblick fest, dann ging sie hinaus, und er verschloß die Tür hinter ihr.

Als er durch die Latten der Jalousie spähte, konnte er die Menge draußen in verstreuten Gruppen auf der

Straße stehen sehen. Er hörte ihre Stimmen und spürte den drohenden Ton heraus. Krawall bahnte sich an. Sie bedurften dort draußen nur eines Anführers, jemand, der den Mut hatte, ihnen voraus in die Station einzudringen. Er hatte so eine Ahnung, als ob das nicht mehr lange auf sich warten lassen würde.

Er beobachtete, wie Katina wegfuhr und ging dann den Korridor entlang zur Hintertür. Sie war mit zwei rostigen Riegeln abgesichert, die er mit einiger Mühe zurückschob. Dann versuchte er, die Tür zu öffnen. Sie bewegte sich nicht, und er steckte die Waffe in seine Gesäßtasche und arbeitete sich durch das halbe Dutzend Schlüssel am Ring hindurch. Der vierte paßte. Er öffnete die Tür und trat vorsichtig ins Freie.

Es war sehr still, und er blieb ein paar Sekunden lang stehen, bis sich seine Augen an die Dunkelheit gewöhnt hatten, dann schritt er voran.

Die Mauer war ungefähr dreieinhalb Meter hoch. Während er dastand und an ihr hinaufblickte, knirschte ein Stein unter einem Schuh, und Yanni tauchte neben ihm auf.

»Kommen Sie hier rüber, Mr. Lomax«, sagte er. »In der Ecke dort steht ein alter Olivenbaum.«

»Gut gemacht.« Lomax legte eine Hand leicht auf seine Schulter. »Gehen wir. Wir haben nicht viel Zeit.«

Der Junge kletterte zuerst hinauf, und Lomax folgte. Der Mörtel zwischen den Steinen war teilweise abgebröckelt, so daß die Füße guten Halt fanden, und eingeklemmt zwischen Baum und Mauer kam er schnell hinauf. Innerhalb von Sekunden war er oben.

Der Junge stieg ihm voran über mehrere Mauern weg und sprang schließlich in einen kleinen Hof hinab. Er überquerte ihn, öffnete eine kleine, in einem großen Tor eingelassene Tür und spähte hinaus. Nach kurzer Zeit nickte er und schlängelte sich durch die schmale Öffnung hinaus.

Sie standen auf einer gepflasterten Gasse, die zwischen hohen Mauern verlief. Es war dunkel, das einzige Licht rührte von einer Lampe her, die auf halbem Weg an einer Mauer angebracht war.

Yanni drehte sich um und wollte etwas sagen. Irgendwo im Dunkeln am anderen Ende der Gasse bewegte sich jemand, und eine Stimme rief auf griechisch: »Er entflieht! Der Engländer entflieht!«

Im gleichen Augenblick wurden zwei Schüsse abgefeuert, so dicht hintereinander, daß nur ein geübtes Ohr überhaupt heraushören konnte, daß es sich nicht nur um einen einzigen Schuß handelte. Yanni begann zu rennen, und Lomax riß die Pistole aus der Tasche, um das Feuer zu erwidern. Er drückte ab, doch die Waffe versagte.

Er umklammerte sie trotz ihrer Nutzlosigkeit, drehte sich um und rannte los, die Augen auf die Lampe vor ihm gerichtet. Schritte stampften hinter ihm auf dem Pflaster, der Lärm hallte an den Mauern wider. Erneut folgte ein Schuß, und etwas zischte an seinem Ohr vorbei.

In dieser Sekunde war Yanni unter der Lampe vorbei. Er blickte über die Schulter zurück, und Lomax schleuderte die Pistole gegen die Lampe, so daß die Gasse in völlige Dunkelheit getaucht wurde, dann stieß er Yanni vorwärts.

Gleich darauf waren sie am Ende des Sträßchens angelangt, und Yanni rief atemlos zu ihm zurück: »Vorsicht, Mr. Lomax. Wir sind wieder am Hafen.« Er verlangsamte das Tempo, bog um die Ecke und prallte geradewegs in die Arme eines stämmigen Fischers.

Der Mann fluchte zornig und packte den Jungen am Hemd. Lomax eilte herbei, ergriff das rechte Handgelenk des anderen und schleuderte ihn gegen die Mauer, wobei er seine Hüfte zur Hebelwirkung einsetzte.

»Lauf, Yanni!« rief er eindringlich, und der Junge schoß über die Straße und verschwand im Dunkel.

Der Fischer kam taumelnd hoch, seine großen Hände flogen vor; Lomax wich schnell einen Schritt zurück und trat ihm mit dem Stiefel in die Magengrube. Als der Mann hinstürzte, hörte Lomax verworrenes Geschrei. Er wandte sich um und stellte fest, daß er keine fünfzig Meter vom ›Kleinen Schiff‹ entfernt war.

Vor der Kneipe stand ein Lastwagen, dessen Laderaum bereits mit Männern vollgestopft war, andere standen darum herum. In dem aus den Fenstern fallenden Licht konnte er ganz deutlich Nikoli Aleko sehen, der zu ihm herüberblickte. Aus der Menge erscholl plötzliches Gebrüll, als man ihn erkannte, und Lomax rannte um sein Leben.

Er bog in die steil ansteigende Straße ein, die zum Platz führte, seine Füße glitten auf dem Pflaster aus, und hinter ihm hörte er das Dröhnen des Lastwagenmotors, der Anstalten traf, den Berg hinaufzufahren.

Stimmen durchdrangen die Nacht, trieben den Fahrer an, und mehrere Männer sprangen vom Wagen herab und rannten hinter Lomax her, weil sie damit rechneten, auf diese Weise schneller zu sein als das schwer beladene Gefährt.

Einmal fiel er hin, und Geschrei erhob sich hinter ihm, das ihm wie das Gebell einer Meute in den Ohren klang. Dann war er wieder auf den Füßen und rannte auf den Platz hinaus.

Jemand feuerte ein Gewehr ab. Er duckte sich, als die Geschosse über seinen Kopf weg in die Luft zischten. Dann traf der Jeep ein und rutschte schräg über das nasse Pflaster, als Katina scharf bremste.

Sie stand auf, hatte ein Gewehr an der Schulter und gab vier Schüsse ab, die vor dem Lastwagen gegen das Pflaster prallten und ihn zum Anhalten brachten. Die Männer zu Fuß suchten hastig Deckung.

Katina wartete auf ihn, den Kragen ihrer Schaffelljacke hochgeschlagen, das Gesicht wie aus Stein gehauen; sie hielt die Winchester mit dem Zielfernrohr vor sich. Die Waffe, die er ihr damals in jener Nacht auf dem Hof gegeben hatte – vor so langer Zeit.

Er fiel fast auf den Mitfahrersitz, und sie reichte ihm die Winchester. »Was ist mit Yanni?« fragte sie ruhig.

»Wir haben ein bißchen Schwierigkeiten bekommen«, keuchte Lomax. »Aber es ist alles in Ordnung mit ihm. Mach um Himmels willen, daß wir von hier wegkommen.«

Sie legte hastig den Gang ein und fuhr schnell über den Platz. Als sie in die schmale Straße einbogen, die aus der Stadt und über die Brücke führte, tauchte ein anderer Lastwagen auf. Lomax konnte flüchtig einen Blick auf das erschreckte, ängstliche Gesicht des Fahrers werfen, bevor der Mann das Lenkrad herumriß, das Fahrzeug gegen die Mauer fuhr und so die Straße blockierte.

Katina wendete schnell und fuhr zum Platz zurück. Der andere Lastwagen hatte bereits die steil bergauf führende Straße bewältigt und strebte der einzigen verbleibenden Ausfahrt zu – der Straße, die zur anderen Seite der Insel führte.

Im letzten Augenblick bremste der Fahrer, um einen Zusammenstoß zu vermeiden, und Katina lenkte den Jeep durch die dunkle, gewundene Straße zwischen den Häusern durch und hinaus auf den ungeteerten Fahrweg, der zum Bauernhof führte.

Was immer jetzt geschah, es gab nur eine Möglichkeit, die Villa zu erreichen. Zu Fuß über den Berg.

16.

Die Flucht

Sie erreichten den Hof gut fünf Minuten vor dem Lastwagen, und Katina hielt im Hof neben der Scheune. Lomax stieg aus und beugte sich über den Trog, um sich Wasser ins Gesicht zu spritzen. Als er den Kopf hob, sah er, daß sie ihn mit leichtem Stirnrunzeln anblickte.

»Was ist?« fragte er.

»Wir haben schon einmal zusammen hier gestanden«, erwiderte sie langsam.

Er nickte. »Ich erinnere mich.«

Sie schauderte leicht. »Ist das nun heute oder damals, Hugh?«

»Ich weiß es nicht, Katina«, sagte er nüchtern. »Vielleicht ist auf merkwürdige Weise eines ein Teil vom andern.«

Sie streckte den Arm aus und ergriff seine Hand, und in diesem Augenblick wußte er mit absoluter Sicherheit, daß sie alles war, was er sich je wünschen würde. Er küßte sie auf den Mund – und hinter ihnen erschien der Lastwagen auf der Höhe über dem kleinen Tal und kam auf den Bauernhof zu.

Sie liefen über den Hof, schlüpften unter dem Zaun durch und stiegen zwischen den Olivenbäumen bergan. Katina ging voran, führte ihn geschickt trotz der Dunkelheit über den vertrauten Grund.

In der Ferne grollte Donner unheildrohend wie Geschützfeuer, aber sonst lag eine seltsame, unnatürliche Stille wie eine schwere Decke über allem. Der Lastwagen hielt unten im Hof, der Motor wurde abgestellt, eine Tür schlug zu.

Katina trat aus dem Schutz des Olivenhains, um den kahlen Hang zu überqueren, und Lomax folgte ihr. In diesem Augenblick verzog sich eine große Wolke, die vor dem Mond gewesen war, und beleuchtete alles mit einem harten, weißen Licht.

Ein plötzlicher Schrei drang von unten herauf, als man sie erspähte, und Lomax drehte sich um und blickte hinunter. Er konnte den Lastwagen ganz deutlich in der Mitte des Hofes stehen sehen und auch die weißen Gesichter der Männer erkennen, die zu ihm hinaufstarrten. Hinter ihnen fuhr soeben ein anderer Lastwagen den Weg zum Hof hinab.

Katina hatte schon halbwegs den Hang überquert, und Lomax machte den Riemen der Winchester weiter, schlang ihn über den Rücken und folgte ihr.

Es war ein seltsames Gefühl, wieder gejagt zu werden, und er wurde sich der alten, vertrauten nervösen Erregung bewußt, die seine Haut kribbeln ließ und alle seine Sinne schärfte. Oben am Rand eines kleinen Plateaus blieb er stehen und blickte kurz hinab. Seine Jäger waren bereits ausgeschwärmt und bewegten sich in einer unregelmäßigen Linie bergaufwärts. Ein paar von ihnen trugen Laternen, und als der zweite Lastwagen hielt, hörte er aufgeregtes Hundegebell.

Ein Schuß winselte durch die Nacht und verlor sich im Nichts, hoffnungslos weitab vom Ziel, und Lomax trat zurück, um nicht mehr gesehen zu werden.

Katina wartete auf ihn, ihr Gesicht war besorgt. »Kytros kann unmöglich bei ihnen sein. Er würde das nie zulassen.«

Lomax wischte sich mit dem Handrücken den Schweiß von der Stirn. »Kein Grund zur Beunruhigung. Wir haben einen guten Vorsprung.«

Sie schüttelte den Kopf. »Sei da nicht so sicher. Viele von ihnen sind Bauern und Schäfer. Sie kennen den Berg. Sie können ihn doppelt so schnell übersteigen wie wir.«

Statt in Serpentinen den Hang zu erklettern, stieg sie in gerader Linie nach oben, und Lomax folgte ihr. Es wurde so steil, daß man es als fast senkrecht hätte bezeichnen können. Derbe Grasbüschel wucherten zwischen den nackten Felsen.

Sie gelangten unten an einem Geröllfeld an, und Katina blieb stehen und blickte über die Schulter zurück. »Wie geht es?« fragte sie besorgt, als er bei ihr angelangt war.

Er brachte ein Grinsen zustande. »Sagen wir mal, ich bin nicht mehr so jung wie früher.«

»Du mußt von jetzt an sehr vorsichtig sein«, sagte sie. »Das Gelände ist trügerisch.«

Sie kletterte weiter, langsam und mühelos, prüfte jeden Grasfleck, jeden Strauch, jeden großen Stein, und Lomax folgte ihr. Nach einer Weile vergaß er die Männer, die sie verfolgten, vergaß die Gefahr und war von einer seltsamen Heiterkeit erfüllt.

Einmal stützte er sich schwer auf einen Felsbrocken, der sich löste, und Lomax wich schnell zur Seite. Der große Stein hüpfte und stürzte krachend in die Tiefe, das Geräusch verhallte in der Nacht.

Ein Augenblick lang herrschte atemlose Stille, dann drang Katinas Stimme von oben herab: »Alles in Ordnung?«

»Einigermaßen«, rief er gedämpft zurück und begann erneut zu klettern.

Gleich darauf wurde der Boden flach, und Lomax stand am Rand eines breiten Plateaus. Er drehte sich um und starrte in die dunkle Tiefe hinab, konnte jedoch keinen ihrer Verfolger sehen.

Katina trat neben ihn. »Sie haben den leichteren Weg eingeschlagen«, sagte sie. »Erinnerst du dich an den Pfad, den wir damals in der ersten Nacht, als ich dich zur Villa führte, benutzt haben?«

»Und wie geht es nun weiter?« fragte Lomax.

Sie drehte sich um und deutete über das Plateau hinüber zu der großen Felswand, die dort aufragte. Sie war vom Mondlicht erhellt, Risse und Spalten durchzogen sie wie dunkle Finger, und Lomax stieß einen leisen Pfiff aus.

»Bist du sicher, daß das zu schaffen ist?«

Sie nickte. »O ja. Ich habe sie als Mädchen ein paarmal erklettert. Sie ist bei weitem nicht so schrecklich, wie sie aussieht.«

Erneut blickte sie ihn besorgt an, und er grinste. »Es bleibt uns wohl nicht viel Auswahl, oder?«

Sie ging ihm voran über das Plateau, zwischen großen Steinbrocken hindurch. Als sie unten an der Felswand angekommen waren, sah Lomax, daß diese in Wirklichkeit gar nicht senkrecht war, sondern in großen Quadern leicht schräg aufwärts führte; alle waren mit Rissen und Kerben durchsetzt.

Katina begann sofort zu klettern, und Lomax folgte ihr. Er sah sich erst um, als er rund fünfzehn Meter hinter sich gebracht hatte. Einen Augenblick lang hatte er das Gefühl, im Nichts zu schweben, und eine riesige Hand schien bestrebt, ihn vom Fels wegzuziehen. Er atmete tief und schloß die Augen. Als er sie wieder öffnete, war alles in Ordnung.

Danach blickte er nicht mehr hinab, sondern kletterte eilig und kraftvoll. Fünf Minuten später erklomm er den Rand eines breiten Simses, das zum Teil durch einen schräg nach oben ragenden Vorsprung überdacht war, und dort wartete Katina auf ihn.

»Geht es dir gut?« fragte sie.

Nun, da er stillstand, merkte er, daß seine Glieder leicht zitterten, aber er nickte zuversichtlich. »Machen wir hier Rast?«

Sie schüttelte den Kopf. »Wir können es uns zeitlich nicht leisten. Selbst so müssen wir von Glück reden, wenn wir den Tempel erreichen, bevor die ersten Bergsteiger unter ihnen oben sind.«

Erneut begann sie zu klettern. Lomax folgte ihr, versuchte seine schmerzenden Glieder zu vergessen, konzentrierte sich auf das Gestein. Ein Wind wehte vom Meer herauf, drang durch seinen Wollpullover; wieder grollte der Donner, diesmal wesentlich näher.

Er erklomm den letzten schräg aufragenden Felsquader, und oben wartete Katina auf ihn. Über ihnen erhob sich eine über dreißig Meter hohe Felswand senkrecht in die Nacht, und Lomax reckte den Hals, um nach oben zu spähen; sein Gesicht begann im kalten Wind zu trocknen.

Sie drehte sich um und wies auf einen dunklen Kamin, der geradewegs durch den massiven Felsen zu seiner Spitze nach oben führte. »Es sieht schlimm aus, aber es ist der leichteste Teil der Kletterei.«

Sein Lächeln war einigermaßen mühsam. »Ich verlasse mich auf dein Wort.«

Er wartete, bis sie in dem dunklen Spalt über ihm verschwunden war, bevor er ihr folgte. Er hängte sich die Winchester um den Hals und wandte die übliche Bergsteigertechnik an, den Rücken gegen eine Wand und die Füße gegen die andere zu stemmen; alle fünf bis sechs Meter ruhte er sich aus, den Körper fest in den Fels geklemmt.

Nach einer Weile stellte er fest, daß es möglich war, richtig zu klettern, seine Hände und Füße fanden reichlich Halt. Zehn Minuten später schob er sich über den Rand und war bei Katina.

Sie standen am Rand des Hauptplateaus oben auf dem Berg; Tempel und Grab des Achill lagen dreihundert Meter weiter hinten. Unter ihnen erstreckte sich die gesamte Südseite der Insel im Mondschein bis zum Meer hin.

Es war ein unglaublicher Anblick, aber Lomax war sich nach wie vor der unnatürlichen Stille bewußt; eine dunkle Wolkenwand schob sich schnell vom Horizont her über den Himmel und löschte einen Stern nach dem anderen aus.

Über ihnen dröhnte der Donner, und Katina sagte: »Das Gewitter wird bald da sein. Das verschafft uns einen gewissen Schutz beim Abstieg.«

Sie machten sich auf den Weg. Der Wind trug ihnen von irgendwoher auf der rechten Seite einen schwachen Schrei zu. Lomax drehte sich um, als eben drei Männer über dem entgegengesetzten Rand des Plateaus auftauchten, begleitet von zwei Hunden. Sie waren nicht mehr als zweihundert Meter entfernt und im hellen Mondlicht deutlich zu erkennen.

Er hob die Winchester und feuerte; einer der Jagdhunde machte einen Satz in die Luft und verschwand hinter der Felswand.

»Das sollte sie eine Weile aufhalten.« Er schob Katina weiter. »Mach, daß wir von hier wegkommen.«

Sie rannten auf den Tempel zu, Katina war vor ihm. Als Lomax sich umwandte und einen Blick zur rechten Seite hinüberwarf, sah er, daß sich die drei Männer und der andere Hund sehr schnell in Parallelrichtung zu ihnen weiterbewegten, offenbar in der Absicht, ihnen den Weg abzuschneiden. Einer von ihnen befand sich gut fünfzig Meter vor seinen Gefährten und holte stetig auf. Gleich darauf waren alle hinter einer leichten Erhebung verschwunden.

Lomax folgte Katina zwischen eine Ansammlung großer Felsbrocken. Er rutschte und glitt über den unebenen Boden, dann stiegen sie die Stufen zur Terrasse empor. Als sie über den Mosaikboden zwischen den Säulen gehen wollten, tauchte Nikoli Aleko aus dem Dunkel zu ihrer Rechten auf und rannte auf sie zu.

Das schwarze Augenpflaster hob sich scharf gegen sein Gesicht ab, seine Zähne waren in einem wilden Grinsen entblößt. Er trug ein Springmesser in der Rechten, und die Klinge schimmerte matt.

Lomax stieß Katina hastig zur Seite und eilte ihm seinerseits entgegen. Als das Messer hochfuhr, parierte er mit dem Lauf der Winchester und schlug dann den Kolben gegen das ungeschützte Kinn des anderen. Aleko taumelte zurück gegen eine Säule und stürzte zu Boden, das Gesicht nach unten.

Als Lomax den Abhang zur Mulde hinabeilte, erfolgte ein gewaltiger Donnerschlag. Regen begann herabzuströmen, als er an der Schäferhütte vorbeikam und Katina über die trügerische Halde aus Geröll und loser Erde folgte, die sich dreißig bis vierzig Meter weit durch die große, nach unten abfallende Schlucht ergoß.

Auf halbem Weg blieb Katina stehen und sah zurück; dabei glitt sie aus. Sie grub verzweifelt die Hakken ins Geröll, über dessen Oberfläche etwas wie eine leichte Wellenbewegung zu gehen schien. Lomax ging weiter, und gleich darauf waren sie wieder beisammen.

Inzwischen hatte sich der Regen zu einem Wolkenbruch verdichtet, der alle anderen Geräusche verschluckte. Lomax beugte sich zu Katina hinüber und nickte ermutigend. Und dann verwandelte ein gewaltiger Blitz die Nacht vorübergehend in hellen Tag, und Katinas Mund öffnete sich zu einem lautlosen Schrei.

Er fuhr herum. Am Rand der Mulde, in kaum zwanzig Meter Entfernung, standen Alekos beide Gefährten und der Hund. Und in diesem Augenblick sprang das Tier mit einem Satz in die Luft und auf sie zu.

Als der Hund bei ihnen landete, schlug Lomax wild mit der Winchester nach ihm, und der ganze Boden unter ihnen schien sich plötzlich zu bewegen. Er hörte Katinas Entsetzensschrei und das Knurren des Hundes – und dann glitten sie alle in einer einzigen großen Woge aus Erde und Schiefergeröll durch die Schlucht hinab.

Lomax ließ das Gewehr fallen und versuchte sich mit beiden Händen anzuklammern, aber es war zu spät. Einen schrecklichen Augenblick lang schien er auf dem Wind durch Dunkelheit und Regen zu reiten, dann verlangsamte sich die Bewegung, als die Schlucht sich abflachte.

Er hörte Katina, die durch die Finsternis hindurch nach ihm rief, und er rutschte einen Hang hinunter zu ihr hin. Sie stand neben einem großen Felsblock bis zu den Waden im Wasser, und er streckte ängstlich die Hände nach ihr aus. »Alles in Ordnung?«

Sie fiel gegen ihn, ihre Arme umschlangen seinen Hals. »Ich dachte, es würde nie mehr aufhören.«

»Zumindest haben wir eine große Strecke in verdammt kurzer Zeit zurückgelegt«, sagte er. »Nutzen wir unseren Vorteil.«

Kaum hatte er das gesagt, als Erde und Geröll wie ein Schauer auf sie niedergingen, und irgendwo über ihnen knurrte der Hund. Er tauchte aus der Dunkelheit auf und landete im aufspritzenden Wasser rund zwei Meter von ihnen entfernt.

Lomax stieß Katina zur Seite, packte mit beiden Händen einen großen Stein und schlug mit aller Gewalt zu, als das Tier auf ihn zustürzte. Es gab einen scheußlich krachenden Laut; der Hund gab einen seltsamen Wimmerton von sich und stürzte seitlich ins Wasser.

Lomax wandte sich ab, rang fast schluchzend nach Atem. Dann ergriff er Katina am Arm, und gemeinsam stolperten sie über glitschige Steine hinaus aus dem flachen Teich. Gleich darauf stiegen sie durch den schweren Regen den Berghang hinab.

17.

Die Beichte

Als sie die Villa erreichten, hinkte Katina, und Lomax stützte sie, als sie aus dem Graben kletterten und die Straße überquerten.

Das Tor stand offen, und die in seinem Bogen hängende Lampe schwankte im Wind, eine Lichtscheibe, die konstant sich ins Dunkel hineintastete und dann wieder zurückkehrte.

Sie gingen den schmalen Plattenweg zwischen den Olivenbäumen entlang, und der Regen schien jeden anderen Laut zu ertränken. Lomax war naß bis auf die Haut, das dunkle Haar klebte ihm an der Stirn. Jeder Muskel seines Körpers schmerzte, und es fiel ihm schwer, einen Fuß vor den anderen zu setzen.

Katina war am Rand des Zusammenbruchs, Nerven und Sehnen waren bis zum Zerreißen gespannt. Sie taumelte, als sie beim letzten Baum angelangt waren, und er fing sie in seinen Armen auf.

Er hielt sie an sich gedrückt. »Es dauert nicht mehr lang«, sagte er leise. »Es ist fast vorüber.«

Und dann hörte er den Klang des Klaviers, so wie schon einmal hier, nostalgisch und wehmütig. Wieder fühlte er sich zwischen Gegenwart und Vergangenheit gefangen. Er stand da im Regen, hielt das Mädchen in den Armen, und die Musik erfüllte ihn mit einer seltsamen, schmerzlichen Traurigkeit.

Die Glastür stand spaltbreit offen, das eine Ende eines roten Samtvorhangs blähte sich, von einem Windstoß erfaßt, in den Regen hinaus. Katina schob ihn zurück, und sie traten beide ein.

Ein Holzfeuer brannte in dem großen Kamin; der Raum war von der Lampe erhellt, die auf dem Flügel stand. In ihrem Licht schimmerte Van Horns Haar wie Silber. Er trug eine Hausjacke aus gerippter grüner Seide; er sprang auf und kam mit zusammengezogenen Brauen auf die beiden zu.

»Ich dachte, Sie kämen überhaupt nicht mehr. Was ist passiert?«

In diesem Augenblick seufzte Katina auf und sank zu Boden. Lomax fing sie auf und trug sie zum Diwan hinüber.

Van Horn setzte sich neben sie, schob ein Augenlid mit dem Daumen hoch und prüfte ihren Puls. Dann blickte er auf. »Sie ist total erschöpft. Holen Sie den Brandy. Er steht im Schrank unter den Bücherregalen.«

Lomax fand die Flasche und zwei Gläser und kam zurück. Er füllte eines der Gläser und gab es Van Horn, das andere nahm er, um sich selbst zu versorgen.

Der Alkohol brannte, während er in seinen Magen hinabfloß; Lomax goß sich erneut ein und sah zu, wie Van Horn Katinas Kopf anhob und sie zwang, den Mund zu öffnen. Sie würgte, begann zu husten, dann öffnete sie die Augen.

Sie versuchte sich aufzusetzen, und Van Horn sagte: »Schon gut, meine Liebe. Du bist in der Villa.«

Sie starrte ihn verdutzt an und dann begriff sie, man sah es ihren Augen an. »Ist das Boot startbereit?«

Er nickte, und sie schwang die Beine vom Divan herab. »Weshalb sitzen wir dann hier?«

Sie versuchte aufzustehen, und Lomax drückte sie wieder hinab. »Kein Grund zur Eile, Katina«, sagte er. »Nicht mehr. Ich fahre nicht weg.«

Sie starrte bestürzt zu ihm empor, und Van Horn

sagte: »Seien Sie kein Narr, Lomax. Ich habe gehört, Sie haben Alexias beschuldigt, Dimitri Paros umgebracht zu haben, aber Sie haben nicht die geringste Aussicht, das zu beweisen.«

Lomax nahm eine Zigarette aus der Silberdose auf dem Flügel. Er zündete sie bedächtig an und blies eine langgezogene Rauchwolke aus. Er war sehr erschöpft, und hinter seinem rechten Auge war ein leichter, beharrlicher Schmerz spürbar.

»Aber ich glaube ja gar nicht, daß es Alexias war, der Dimitri ermordet hat«, sagte er leise. »Ich glaube, daß Sie es waren.«

Erneut war Donnergrollen zu hören, der Regen nahm noch zu, er hämmerte förmlich gegen das Fenster. Van Horns Gesichtsausdruck blieb unverändert. Er sagte ruhig: »Wissen Sie eigentlich, was Sie da behaupten?«

Katina stand auf und trat vor; ihre Augen in dem bleichen Gesicht waren sehr groß. »Was meinst du damit, Hugh?«

Er legte sanft die Hände auf ihre Schultern. »Jemand hat heute abend versucht, mich in der Gasse hinter dem Gefängnis umzubringen. Jemand, der wußte, daß ich herauskommen würde. Und die automatische Pistole, die du mir gegeben hast – aus irgendeinem seltsamen Grund hat sie versagt.«

Sie blickte zu ihm auf, in ihren Augen lag Entsetzen. Er fuhr fort: »Wußte Van Horn, daß dein Onkel jeden Donnerstag abend mit Vater Mikali Schach spielt?«

Sie nickte. »Jeder weiß das.«

»Warum hat er mir dann nicht gesagt, ich würde meine Zeit vergeuden, als ich ihm erzählte, ich würde deinen Onkel besuchen?«

Sie wandte sich langsam um und sah Van Horn an,

und Lomax fuhr fort: »Als ich zum Hof kam, warteten dort Dimitri und die Brüder Samos im Dunkeln auf mich. Dafür gibt es nur eine einzige mögliche Erklärung. Dimitri erwartete mich, weil jemand ihm gesagt hatte, ich würde kommen. Aber nur eine Person wußte davon.«

Van Horn lächelte leicht. »Da besteht noch nicht einmal ein Zusammenhang. Wie, um alles in der Welt, hätte ich mich rechtzeitig mit ihm in Verbindung setzen sollen? Katina hatte den Jeep genommen.«

Aber sie war es, die antwortete: »Sie haben mit jemand telefoniert, als ich von der Küche heraufkam, und Dimitri hat an den meisten Abenden im ›Kleinen Schiff‹ gearbeitet. Das wußte jeder.«

Van Horn zündete sich eine Zigarette an, seine Hand war völlig ruhig. »Trotzdem möchte ich wissen, wie ich zur Zeit des Mordes auf dem Bauernhof gewesen sein soll. Kein Gericht der Welt würde auch nur einen Augenblick annehmen, daß ein Mann meines Alters und meiner körperlichen Verfassung zweimal in derselben Nacht den Berg innerhalb von Stunden überqueren könnte.«

»Darüber habe ich mir eine Weile den Kopf zerbrochen«, gab Lomax zu. »Bis mir einfiel, daß Katina mir einmal erzählt hatte, es gäbe unterhalb der Klippen in der Nähe des Hofes einen Landesteg.« Er sah auf sie hinab. »Wie lange, meinst du, braucht man über das Meer von hier aus bis dorthin?«

»Zwanzig Minuten«, sagte sie. »Ich habe es oft gemacht. Und Oliver ebenfalls.«

Lomax sah Van Horn fragend an. »Können Sie mir dafür garantieren, daß die Barkasse heute abend nicht ausgefahren ist? Es läßt sich nachprüfen.«

»Sie reden Unsinn«, sagte Van Horn. »Was für ein Motiv soll ich denn dafür gehabt haben, Dimitri Paros umzubringen?«

»Es ist nur eine Vermutung, aber ich möchte behaupten, er kam dahinter, daß Sie für den Tod seines Vaters verantwortlich sind«, erwiderte Lomax.

Katina sog hastig den Atem ein. Van Horns Haltung brach für einen Augenblick fast zusammen, aber er faßte sich schnell. »Damit kommen Sie nicht durch, Lomax. Jedermann weiß, was ich in Fonchi durchgemacht habe.«

»Als wir heute morgen alles diskutierten, sagte ich Ihnen, ich hielte Alexias Pavlo für den Verräter«, entgegnete Lomax. »Sie wiesen darauf hin, daß ich dann noch immer zu erklären hätte, wie ihm die Deutschen auf die Schliche gekommen sind. Ich weiß etwas Besseres. Ich kann beweisen, wie sie Ihnen auf die Schliche gekommen sind.«

»Ich fürchte, Sie reden baren Unsinn«, sagte Van Horn. Aber alle Farbe war aus seinem Gesicht gewichen, und auf seiner Stirn waren tiefe Furchen eingegraben.

»Als ich vor siebzehn Jahren zum erstenmal in dieses Haus kam, lieh sich Joe Boyd einen Band Ihrer Kriegsgeschichte aus – der Titel war ›Der Überlebende‹«, erklärte Lomax. »Er war in grünes Leder gebunden, hatte Ihre Schriftzüge in Golddruck und gehörte zur Gesamtausgabe Ihrer Werke.«

Er ging zu den Regalen und kehrte mit einem kleinen, grünen Buch zurück, das er auf den Tisch fallen ließ.

»Das ist es. Ich habe es schon bemerkt, als Katina mich vom Hotel herüber zu Ihnen brachte. Aber erst heute abend ist mir bewußt geworden, daß es ja eigentlich gar nicht hier sein dürfte.«

»Ich verstehe nicht«, sagte Katina.

»Ich glaube, Van Horn schon. Siehst du, Joe Boyd vergaß damals das Buch zurückzugeben. Er trug es in einer Tasche seines Tarnanzugs bei der Aktion. Es ist mir nach all den Jahren erst heute abend wieder eingefallen. Die Deutschen müssen es damals gefunden haben, als sie seine Leiche durchsuchten. Kein Wunder, daß ich das Gefühl hatte, Steiner lache mich aus, als ich ihm erklärte, wir hätten mit niemand auf der Insel Kontakt aufgenommen.«

Van Horn griff nach dem Buch und blätterte es durch. Nach einer Weile seufzte er. »Es wäre ein Jammer gewesen, die Reihe unvollständig zu lassen. Ich habe sie kurz vor dem Krieg von meinen amerikanischen Verlegern bekommen.«

Er ging zu den Regalen hinüber, stellte den Band zurück und nahm dann eine Karaffe aus dem Schrank, um sich ein Glas einzuschenken. Als er sprach, klang seine Stimme merkwürdig unbeteiligt. Es war fast, als spräche er über etwas, das einem anderen zugestoßen war. »Sie haben natürlich recht. Die Deutschen fanden das Buch, und Steiner kam sofort zu mir. Ich versuchte mich herauszuwinden, aber es nützte nichts.«

Katina trat auf ihn zu, den rechten Fuß leicht hinter sich herschleifend. »Warum haben Sie es ihnen verraten?«

Er versuchte sich abzuwenden, aber sie packte ihn am Arm und zog ihn zu sich herum, so daß er sie ansehen mußte. »Warum, Oliver?«

Er zuckte die Schultern. »Weil ich Angst hatte. Er drohte mir, mich zur Gestapo nach Athen zu schicken.«

»War das alles?«

Van Horn schüttelte den Kopf. »Nein, er schwor, er würde jedes einzelne Stück meiner Sammlung vernichten. Er zerschmetterte die Amphore, nur um mir zu zeigen, daß er es ernst meinte.«

Sie wandte sich angeekelt ab, und Lomax sagte: »Warum hat Steiner Sie ins Stadtgefängnis gesteckt, statt sie mit den anderen zusammen nach Fonchi zu schicken?«

»Ihr scheinbarer Tod auf dem Weg nach Kreta machte Sie zu einem nützlichen Sündenbock«, sagte Van Horn. »Steiner wollte mich nach sechs Monaten auf Grund meines Gesundheitszustands entlassen.«

»So daß Sie noch mehr Ihrer Freunde verraten konnten?« fragte Katina.

Er ignorierte sie und fuhr fort: »Unglücklicherweise kam Steiner um, und sein Nachfolger wußte nichts von den Abmachungen. Bald nachdem er das Kommando übernommen hatte, ließ er mich nach Fonchi schaffen.«

»Also haben Sie aus schierer Angst Ihre Freunde in die Hölle geschickt«, sagte Katina. »Und das nur Ihrer dummen Sammlung wegen.«

»Ich habe ebenso viel gelitten wie alle anderen«, sagte er. »Sie haben gesehen, was sie mit mir getrieben haben, Lomax. Als Sie mir erzählten, Sie verdächtigten Alexias und Sie hätten vor, es auf eine Kraftprobe mit ihm ankommen zu lassen, geriet ich in Panik. Ich wußte, daß Sie zwangsläufig auf irgend etwas stoßen würden, wenn Sie lange genug nachgraben würden.«

»Und so haben Sie sich mit Dimitri in Verbindung gesetzt?«

Van Horn nickte. »Er sagte, er würde sich der Sache annehmen, bestand jedoch darauf, persönlich mit mir zu sprechen. Ich fuhr mit der Barkasse hinüber, so wie Sie es vermutet haben. Als ich eintraf, war er betrunken. Anscheinend hatte er zwei und zwei zusammengezählt.«

»Und Ihnen wurde klar, daß er vorhatte, Sie zu erpressen?«

»Auf dem Tisch lag ein Schnappmesser. Ich dachte, daß Kytros, wenn ich es benutzte, annehmen würde, der Mörder sei ein Fischer gewesen.«

»Eine ziemlich ungewöhnliche Methode, einen Menschen zu erstechen.«

Van Horn zuckte die Schultern. »Ein Trick, den ich in den Schützengräben gelernt habe. Man vergißt niemals wirklich, wie so etwas gemacht wird. Das sollten Sie am besten wissen.«

Lomax ignorierte den Hieb. »Und die Sache in der Gasse hinter dem Gefängnis? Habe ich da recht mit meiner Theorie?«

Van Horn nickte. »Als Katina in die Villa herauskam und mich bat, Ihnen zu helfen, konnte ich mich schwerlich weigern. Die automatische Pistole, die ich ihr gab, hatte übrigens einen defekten Schlagbolzen. Nachdem sie mit dem Jeep weggefahren war, folgte ich ihr auf einem alten Rad, das wir seit Jahren im Stall stehen haben, in die Stadt.«

Lomax begann seine Erschöpfung immer mehr zu spüren, der Schmerz in seinem Kopf verstärkte sich. »Sie haben also getötet«, sagte er. »Und mich gezwungen zu töten. Und wozu, Van Horn? Was für einen Sinn hatte es?«

»Ich weiß es nicht«, erwiderte Van Horn. »Ich weiß es wirklich nicht. Hat irgend etwas letztlich einen Sinn?«

Er steckte die rechte Hand in die Tasche und zog einen Revolver heraus. Katina trat schnell einen Schritt zurück, und Lomax sagte: »Noch mehr Morde, Van Horn? Aber Sie werden mit mir nicht aufhören können. Was ist mit Katina? Wollen Sie sie ebenfalls erschießen?«

»Ich glaube kaum«, sagte eine vertraute Stimme, und Kytros trat durch die Glastür. Alexias Pavlo war neben ihm.

Van Horns Blick zuckte zu den beiden hinüber, und Lomax stieß Katina auf eine Seite und machte einen Satz. Er war bei weitem zu spät daran. Van Horn feuerte geradewegs, und die schwere Kugel traf Lomax in die rechte Schulter, so daß er gegen den Flügel zurücktaumelte.

Als Katina aufschrie, fuhr sein Arm gegen die Lampe und schleuderte sie hinab, so daß der Raum in völligem Dunkel lag, während er zu Boden glitt.

18.

Staub und Asche

Ein paar Augenblicke lang herrschte Dunkelheit und Verwirrung. Lomax merkte nur, daß Katina neben ihm war.

Als die Hauptlampen angeschaltet wurden, war weder von Van Horn noch von Alexias etwas zu sehen. Kytros ging vom Schalter zur Tür, die zur Diele hinausführte, aber sie ließ sich nicht öffnen.

Er drehte sich um und sagte ruhig: »Er wird nicht weit kommen. Ich habe vorsichtshalber das Haupttor verschließen lassen, als wir eintrafen, und Stavrou bewacht den Klippenpfad.«

Lomax griff nach der Kante des Flügels, um sich hochzuziehen, und Katina kam ihm zu Hilfe. Die Wunde in seiner Schulter blutete, und Katina machte schnell aus einem bestickten Tischläufer ein Polster, das sie in seinen Pullover schob. Kytros kam herüber. »Ist es schlimm?«

Lomax schüttelte den Kopf. »Ich werde es überstehen. Wie lange waren Sie auf der Terrasse?«

»Lange genug. Nicht, daß das jetzt noch eine Rolle spielte.« Kytros lächelte leicht. »Ich wußte schon Bescheid, ehe ich herkam. Ich sagte Ihnen doch, ich wartete noch auf Dr. Spanos' Autopsiebericht. Und der enthielt zwei sehr interessante Punkte.«

»Ich verstehe nicht«, sagte Lomax.

»Erstens einmal war Dimitri Paros schon länger tot, als wir annahmen. Die Tatsache, daß seine Leiche so nah beim Feuer lag, hatte den Rigor mortis hinausgezögert.«

»Und der zweite Punkt?«

»Der Tote hatte beim Hinstürzen seine Armbanduhr zerschlagen, Sie war genau um neun Uhr stehengeblieben.« Kytros seufzte. »Sie müssen es einem einfachen Inselpolizisten nachsehen, daß er diese Fakten nicht früher erkannt hat.«

»Und um neun Uhr war ich mit den Brüdern Samos auf See.«

»Und Alexias spielte Schach mit Vater John.«

»Aber wie sind Sie auf Van Horn gekommen?«

»Ursprünglich durch simple Logik«, antwortete Kytros. »Riki Samos gab zu, Dimitri habe erfahren, daß Sie zum Pavloschen Hof gehen wollten – aber von wem, das wußte er nicht. Allem nach, was Sie mir vorher erzählt hatten, schien mir, daß dafür nur eine einzige Person verantwortlich sein könnte. Dann fand ich heraus, daß Dimitri nach einem Telefongespräch das ›Kleine Schiff‹ verlassen hatte – und es gibt nur sehr wenige Apparate hier.«

»Und in der Vermittlung erinnerte man sich daran, wer angerufen hatte?«

Kytros nickte. »Ich hielt, um Alexias abzuholen, und hörte, daß Sie geflüchtet waren. Dann tauchte Yanni auf der Polizeistation auf, in größter Sorge, denn er fürchtete, Sie würden auf dem Berg oben in Stücke gerissen werden.«

»Und Sie haben das nicht geglaubt?« fragte Lomax.

Kytros gestattete sich ein flüchtiges Lächeln. »Ich hielt das für unwahrscheinlich, angesichts Ihrer früheren Aktivitäten hier auf diesen Inseln.«

»Wieder ein Grund, um Yanni dankbar zu sein«, sagte Katina.

Kytros nickte. »Ein guter Junge. Ein Jammer, daß niemand da ist, der für seine Ausbildung sorgen kann.«

»Ich glaube, das kann arrangiert werden«, sagte Lomax.

Ein Schuß hallte durch den Regen draußen, und Alexias trat von der Terrasse herein. »Er ist im Garten«, sagte er in schroffem Ton.

Kytros schnallte seinen Holster los und nahm den Revolver heraus. »Ich glaube, es ist besser, wenn Sie hierbleiben.«

Er ging zur Glastür, und Lomax folgte ihm. Draußen prasselte der Regen durch den Lichtschein herab, der über die Terrasse auf die davorstehenden Büsche fiel; dahinter herrschte Dunkelheit.

Ein weiterer Schuß wurde hörbar, gefolgt von dem trockenen, unheilvollen Gebelfer einer Maschinenpistole.

»Stavrou!« sagte Kytros, rannte über die Terrasse und stürzte sich in den Garten.

Der Lärm zahlreicher Stimmen drang schwach durch den Regen, dazu das Gebell von Hunden. Katina berührte Lomax' Arm und deutete mit dem Finger. In der Dunkelheit auf der anderen Seite der Straße bewegten sich Leute den Abhang hinab auf die Villa zu, ihre Laternen waren wie Augen in der Nacht.

Im Garten selbst war alles still. Einem plötzlichen Impuls nachgebend rannte Lomax ebenfalls über die Terrasse, wobei er seine verletzte Schulter mit der Hand umfaßt hielt. Er tauchte im Gesträuch unter und duckte sich neben einem Busch nieder, während der Regen auf ihn herabschüttete. Katina traf ein paar Sekunden nach ihm ein. »Das ist doch einfach verrückt!« protestierte sie.

Er bewegte sich vorsichtig unter den tropfenden Olivenbäumen weiter, ohne etwas zu erwidern, und über ihnen am Berghang wurde der Lärm lauter und unheildrohender.

Kytros trat hinter einem Baum hervor zu ihnen heraus. Bevor er ein Wort sagen konnte, bewegte sich etwas in den Sträuchern auf der anderen Gartenseite, und die Maschinenpistole ratterte erneut los. Stavrou schrie irgend etwas Unverständliches, und Van Horn rannte Hals über Kopf aus einem Gebüsch heraus, den linken Arm erhoben, um sein Gesicht zu schützen.

Er torkelte gegen einen Baum und blieb stehen, während er die drei anstarrte; sein Atem war ein weißer Nebel in der feuchten Luft. Im gelben Lampenlicht schien sich seine Haut in Pergament verwandelt zu haben, er sah alt, müde und geschlagen aus.

Er drehte sich um und taumelte die Zufahrt entlang aufs Haupttor zu. Als er dort angekommen war, strömte gerade der Mob vom Berg herab und ergoß sich über die Straße.

Lomax und Katina blieben stehen, und Alexias tauchte hinter ihnen auf. Eine seltsame Stille entstand. Es war, als ob den Leuten vor dem Tor draußen irgendwie bewußt würde, daß sich etwas Ungewöhnliches ereignen würde.

Stavrou erschien unter den Bäumen und wartete, den Lauf seiner Maschinenpistole aufs Tor gerichtet. Kytros nickte ihm zu und ging allein weiter. Dann blieb er stehen, die Beine leicht gespreizt, den Revolver am rechten Schenkel.

»Werfen Sie Ihre Waffe weg, Mr. Van Horn«, sagte er. »Lassen Sie unter dieser Sache nicht noch jemand leiden.«

Van Horn hob ganz langsam den Revolver, sein Finger spannte sich um den Abzug. In diesem Augenblick streckte Kytros den Arm aus und feuerte. Das schwere Geschoß trieb Van Horn gegen das Tor zurück, und die Menge draußen zerstreute sich hastig.

Van Horn griff hinter sich, packte mit der Linken eine der Eisenstangen, um sich aufrecht zu halten. Ganz bedächtig hob er erneut die Waffe, und Kytros schoß ihn zweimal in den Körper.

Von der Menge draußen drang ein Stöhnen herein. Van Horn rutschte zu Boden, die Hände über dem Magen verschränkt.

Er blickte auf, als Lomax zu ihm trat, und versuchte zu sprechen. Aber gleich darauf begann er zu würgen, und Blut floß langsam in einem hellen Strom aus seinem Mund.

Hinter dem Tor verhielten sich die Leute im Regen still. Sie begriffen noch nicht, was vorgefallen war, warteten darauf, daß jemand es ihnen erklären würde. Alexias trat neben Lomax; er sah alt und müde aus, so als ob das Leben plötzlich zu viel für ihn geworden sei. Er versuchte Worte zu finden, brachte aber keine heraus und ging auf das Tor zu.

Kytros schloß es auf, Alexias trat hinaus und begann in ruhigem Ton auf die Menge einzureden. Der Sergeant kniete neben Van Horn nieder und untersuchte ihn.

Nach einer Weile blickte er auf und sagte gelassen: »Hier trifft Sie keine Schuld, Mr. Lomax. Dieser Mann wollte sterben. Er hat mich dazu gebracht, ihn zu töten.«

Lomax stand da, mit der Hand die andere Schulter umklammernd. Er spürte, wie das Blut zwischen seinen Fingern hervorquoll; die Lampe über dem Tor schien ungeheure Proportionen anzunehmen. Er wandte sich ab und ging die Auffahrt entlang auf die Villa zu.

Die Haustür stand offen, er ging über die Diele und den schmalen, weißgetünchten Flur, bis er in den großen, verglasten Raum kam, der Van Horns Keramiken enthielt.

Die Vitrinen schienen im Dunkel der Nacht die große, rot und schwarze Amphore zu umkreisen, die geisterhaft in der Luft schwebte.

Lomax stand da, starrte sie an, der Schweiß lief ihm übers Gesicht. Eine Aufwallung blinder, sinnloser Wut erfaßte ihn wie ein Krampf. Er stürzte vor und wischte mit seinem heilen Arm das Gefäß seitlich von seinem

Sockel, so daß es auf dem Boden in tausend Stücke zersplitterte. Dann, aus irgendeinem unerklärlichen Grund benahm es ihm den Atem, und die Dunkelheit drang auf ihn ein, während sich ihm heftige, trockene Schluchzer entrangen.

Er taumelte hinaus auf den Balkon. Irgendwie war Katina plötzlich neben ihm, und er sagte mit gebrochener Stimme: »Staub und Asche, Katina – Staub und Asche.«

»Ich weiß, Hugh«, sagte sie einfach.

Er stand am Geländer und blickte auf nichts als Schönheit hinab. Der Regen hatte aufgehört, die feuchte Luft roch nach frischer Erde, und er war am Leben.

Nach einer Weile legte er den heilen Arm um Katinas Schulter, und sie kehrten ins Haus zurück.